Titerecuenteando
(Muñecos divertidos y educativos)
Eduardo Villegas Guevara

primera llamada primera

Titerecuenteando
(Muñecos divertidos y educativos)
Eduardo Villegas Guevara

segunda llamada segunda

¡comenzamos!

Quarzo

Titerecuenteando
(Muñecos educativos y divertidos)
© Eduardo Villegas Guevara, 2007

Quarzo

D.R. © Editorial Lectorum, S.A. de C.V., 2007
Centeno 79-A, Col. Granjas Esmeralda
C.P. 09810, México, D.F.
Tel.: 55 81 32 02
www.lectorum.com.mx
ventas@lectorum.com.mx

L.D. Books
8233 NW 68 Street
Miami, Florida, 33166
Tel. 406 22 92 / 93
ldbooks@bellsouth.net

Primera edición: abril de 2007
ISBN 10: 970-732-207-1
ISBN 13: 978-970-732-207-3

© Ilustraciones, diseño de interiores
y portada: Berenice Tassier

Impreso y encuadernado en México
Printed and bound in Mexico

Introducción

Para todos los que estamos cursando algún grado escolar en alguna institución académica, incluso si no estamos en una escuela, o si ya hemos terminado nuestros estudios profesionales, es recomendable realizar alguna actividad artística. Ya sea que practiquemos danza folclórica, hagamos teatro o ejecutemos algún instrumento musical, siempre será importante realizar alguna actividad ligada a nuestra sensibilidad y que nos aporte valores estéticos. Gracias a la práctica y al conocimiento del arte estaremos contribuyendo a desarrollar nuestra sensibilidad e imaginación. Tratando de cubrir esa necesidad es que ponemos en tus manos un manual de títeres, cuyo contenido en mucho contribuirá a desarrollar nuestra personalidad, tanto si está en formación como si deseas acrecentarla.

Los títeres son un medio de expresión plástica y dramática que podemos apreciar como público. Pero sus cualidades estéticas las apreciaremos mejor si participamos en su elaboración y animación. Este proceso nos permitirá transmitir emociones y provocar sensaciones estéticas en los espectadores. Un auditorio puede estar formado por nosotros mismos, por gente de nuestra propia comunidad o bien por públicos diversos.

Los muñecos, que en esta ocasión hemos denominado educativos y divertidos, cumplen su función de manera múltiple debido a la gran diversidad de títeres que encontramos a lo largo de la historia teatral. Para lograr una mayor sensibilidad y proyección de nuestras emociones a través de estas criaturas es necesario imaginar, dibujar, tallar, modelar, pintar, cortar, coser y un sinfín de

9

actividades más. Y cuando ya estén elaborados será necesario animarlos, es decir, manipularlos. Al llegar a esta fase, los dotaremos de un ritmo singular en cada uno de sus movimientos, les brindaremos una voz, los veremos en acción y moverse al compás de la música; en fin, participaremos en un juego dramático que no tiene fin, salvo nuestro cansancio. Y por eso resulta tan divertido; porque no hay mejor obra que la que nosotros mismos realizamos.

En este juego no sólo estamos sentados presenciando el quehacer de los muñecos, sino haciéndolos. Incluso, si los muñecos ya estuvieran creados, aún así sería necesario recordar que no hay un solo espectáculo de títeres donde el público permanezca como un espectador pasivo. De alguna u otra manera, todos terminamos relacionándonos con esos seres fantásticos que muchas veces denominamos como marionetas.

Es una verdad de Perogrullo decir que, como parte del espectáculo teatral, los títeres reúnen aspectos de las demás áreas artísticas: de la danza se dice que toma el movimiento; de la escultura, el volumen y las formas; de la pintura, los trazos y el color; de la música, el ritmo, los sonidos y, en otro aspecto, el volumen alto o bajo. Así que al participar en un espectáculo de títeres o al construir alguno de ellos, debemos echar mano de todo aquello que contribuya a crear un bello momento escénico. Es decir, tendremos la obligación de disfrutar los diversos valores estéticos que estamos creando entre nuestros compañeros del taller y, posteriormente, entre los artistas y los espectadores.

Titerecuenteando, muñecos educativos y divertidos, es un libro que tomamos como taller y que nos sirve para adquirir diversas habilidades, empezando por aquellas capacidades expresivas de

10

nuestras manos. Debemos tomar el presente manual como un laboratorio de sorpresas, gracias al cual crearemos un espectáculo y seguramente muchos de ellos. Podemos trabajar por compromiso o espontáneamente, pues desde ahora dejan de espantarnos los proyectos definidos: las tareas, las metas, los contenidos de alguna materia, podemos abordarlas desde la fuerza imaginativa de estos muñecos eternos. Exagerando un poco, diremos que en cualquier fase de nuestra vida podemos echar mano de nuestra creatividad y tendremos en cada paso la oportunidad de improvisar y dar con las soluciones que los títeres nos brindan. Esta actitud es algo que encontramos en la libre expresión dramática y en ella nos acompañan los muñecos.

El teatro de títeres, como muchas otras artes y oficios, no es un arte individual; se realiza mejor en grupo o en equipo. Esto nos permite, seamos niños, jóvenes o adultos, socializar en alto grado y quedar satisfechos con el resultado final de nuestras obras y muñecos.

Así que, sin más preámbulo, ocupemos nuestro lugar en este taller y comencemos a trabajar en el salón de clases, en el patio o en la sala o en el jardín de la casa. Cualquier sitio es un lugar digno para practicar alguna de las técnicas que se utilizan en la elaboración de los muñecos y cada una de sus fases pueden ser ejecutadas por niños, jóvenes y adultos.

11

I

Los títeres a través de la historia

1. Los muñecos en el teatro universal

Imaginemos a un grupo de hombres reunido en el interior de una cueva o de una caverna. Por la noche, un hombre acaba de saciar su apetito y, en torno a la fogata, comienza a relatar a sus familiares las peripecias de la cacería. Este hombre prehistórico acaba de establecer el nacimiento del actor y los familiares que lo escuchan toman a su vez el rol de público. Más o menos con estas palabras los historiadores inician el nacimiento de las artes, pues el hombre tiene necesidad de imitar a sus semejantes y, por supuesto, también a los animales que habrá de cazar. En medio de este desarrollo teatral, que muchos otros historiadores dicen que se desprendió del ritual religioso, aparece el elemento lúdico, esa necesidad del ser humano de ocupar sus momentos de ociosidad con juegos y estableciendo a través de sus palabras y acciones, su presencia en el mundo y dejando un lazo de comunicación con el resto del planeta.

En torno a esa fogata prehistórica es fácil imaginar las gigantescas sombras que los cuerpos de los cazadores proyectaban sobre los muros de la caverna. Algunos brazos, y algunas lanzas podrían dar existencia a un espíritu extraño, que se manifestaba a través de las sombras. Y después de las sombras proyectadas sobre los muros no pasaría mucho tiempo para que los muñecos hicieran su aparición y con ellos una rama del arte teatral: las marionetas o figuras autómatas; donde sobresale, por su sencilla técnica de elaboración y manipulación, el muñeco de guante o guiñol.

13

a) Las miniaturas de una bailarina egipcia

Siguiendo con el transcurso de la historia y rastreando precisamente la aparición de los títeres en el teatro universal, se llega a la noticia de que fueron los egipcios quienes perfeccionaron el arte de los muñecos para utilizarlos en la representación. Estos muñecos posteriormente se llamaron de diversas maneras: fantoches, marionetas, muñecos, polichinelas, títeres o simplemente guiñol.

Esta aseveración de que los muñecos tienen un origen egipcio se debe a Gayet, un arqueólogo francés que encontró la tumba de una bailarina egipcia. La mujer, llamada Jelmis, hizo que colocaran junto a su momia un diminuto barco de madera tripulado por figuritas elaboradas de marfil. Una de estas figuras estaba articulada y podía moverse mediante unos hilos. En el centro del barquillo se encontraba también una casita con puertas de marfil, que al abrirse dejaban ver toda la escena de un teatro de fantoches. Todos estos elementos confirmaban que Jelmis, la bailarina, se dedicaba en vida a representar historias con sus pequeños muñecos. Este mismo estilo pasaría después a la cultura griega y a la cultura romana. Seguramente no sólo era un oficio importante para la bailarina, los muñecos se convirtieron en parte de su vida y terminaron acompañándola hasta su tumba.

b) La diosa Parvati y el quinto Veda

En otra historia que procede de la cultura hindú, nos enteramos que la diosa Parvati fabricó un muñeco. Su criatura era tan ingeniosa, que nunca se atrevió a mostrárselo a su pareja divina, es decir, al dios Shiva, por temor a que la figura que había creado poseyera alguna potencia maligna que actuara en contra de su compañero o de alguna otra divinidad. La diosa Parvati, entonces, se llevó al muñeco hasta una montaña y ahí lo ocultó. Sin embargo, el dios Shiva descubrió el rumbo que había tomado la diosa Parvati y, sin poder reprimir su curiosidad, comenzó a seguir los pasos de su consorte y no tardó en encontrar el escondite y ahí, al observar el muñeco, recibió tal impresión ante su belleza y su gracia que decidió dotarlo de vida. Cuando el muñeco pudo moverse,

14

el dios Shiva le permitió integrarse al mundo que hasta entonces era sólo de los humanos.

En esta leyenda podemos ver cómo el acto creador en manos de una divinidad, como es el caso de la diosa Parvati, logra tal perfección en su muñeco, que posteriormente adquiere vida y se integra al mundo de los hombres sin que nadie note alguna diferencia. También de la cultura hindú procede un elevado nivel cultural y elaboración del teatro. Ahí existió Bharata, autor del libro *Nátyashástra*, quien dejó asentadas las exigencias técnicas, artísticas y lingüísticas de lo que sería el teatro hindú, tan ligado a otra sublime expresión como la danza.

En el primer capítulo de su libro, Bharata nos dice que el origen del teatro tiene que ver con el dios Brahma, creador del mundo. Cierto día, se lee allí, el dios le pidió que ideara un arte que fuera visible y audible, y que pudiera ser comprendido por los hombres de cualquier condición. Entonces Brahma reflexionó sobre el contenido de los cuatro Vedas, los libros sagrados de la sabiduría hindú, y tomó una parte de cada uno de ellos: del *Rágveda* la palabra hablada; del *Sámaveda* la canción; del *Yayurveda* el arte de la mímica; del *Atharvaveda* algo que no podía faltar: el sentimiento. Con todos estos elementos el dios Brahma creó un quinto Veda, el *Nátyaveda*, que confió a Bharata, el sabio de la tierra y así fue como este escrito llegó para provecho de la humanidad, conteniendo las principales sentencias de los dioses sobre el arte dramático *El Nátyashástra*, la doctrina de la danza y la representación teatral. Por eso el teatro y la danza forman una misma cosa en la India, pues es un arte rigurosamente determinado por la expresión del cuerpo humano y aparece detallada en el libro mencionado. La extremada concentración exigida por Bharata, que llega a cuidar hasta los mínimos detalles de los dedos, hermana al actor y al danzarín.

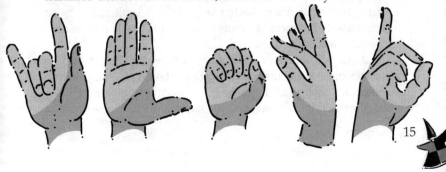

15

Para esta cultura artística, no existe la espontaneidad intuitiva del arte, pues la danza y el teatro parece ser una suma de valores matemáticos.

c) La leyenda negra de Karagöz

En Turquía y Persia encontramos otra fabulosa leyenda; está relacionada con el teatro de sombras. Se trata de Karagöz, nombre de un héroe que a su muerte provocaría la aparición de un asombroso arte teatral donde intervienen muñecos.

La leyenda del teatro de sombra tiene un origen algo sangriento, sin embargo ha sido bastante difundida y a eso se debe su importancia en el teatro. Se cuenta que Karagöz, su nombre quiere decir "Ojos negros", y su compañero Hadshivat vivían en el siglo XIV; en esta época se construía la gran mezquita de Brossa. Karagöz y Hadshivat trabajaban en dicha obra, pero siempre terminaban discutiendo de manera grotesca. Dichas charlas habían estancado el desarrollo de las obras, pues en lugar de trabajar, los albañiles soltaban sus herramientas y se dedicaban a escuchar sus interminables discusiones, siempre sazonadas de pullas y chirigotas, es decir, usaban un lenguaje soez y alburero. Como la obra no se concluía con celeridad, el sultán, todo poderoso, los mandó colgar en represalia. Sin embargo, no pasó mucho tiempo para que los albañiles que presenciaban esos grotescos diálogos, ofensivos y festivos, comenzaran a reprochar la decisión del sultán. Era tal su amargura ante la ausencia de sus compañeros que la misma obra comenzó a retrasarse de nuevo.

Tratando de solucionar el malestar de los albañiles, a uno de los cortesanos se le ocurrió la idea de recortar en piel transparente y multicolor las figuras de Karagöz y Hadshivat y resucitarlos a la vida proyectándolos sobre un lienzo. Karagöz aparecía con una

16

nariz de papagayo, se distinguía también su barba negra y sus característicos ojos llenos de astucia de color negro y no podía faltar su gran habilidad gestual. Hadshivat se identificaba con un turbante de comerciante y por su carácter cachazudo y reflexivo. Se veía jovial y campechano. A través de los personajes recortados en piel, se hacía pasar la luz y comenzaban sus obscenas charlas. Este dueto era acompañado por un nuevo reparto que formaban un nuevo teatro. Los personajes nuevos eran el joven dandy Cenebi, la bella Mesanina, el ingenuo enano Beberugi, un personaje persa con su nariz aguileña, el opiómano y el borracho. Este parece ser el origen del teatro de sombras, algo sangriento, sin duda.

En esta leyenda tenemos un caso diferente al que hemos narrado con la diosa Parvati, pues aquí Karagöz es un hombre que, después de muerto, se convierte en un muñeco universal. Mientras que en la tradición hindú, el muñeco creado por la diosa Parvati se convirtió en hombre. Con el paso del tiempo, el personaje Karagöz pasó a ser el favorito en la corte del sultán. En las bodas y en las llamadas fiestas de la circuncisión, se presentaban estas obras, pues tenían que ver con la habilidad lingüística y poseían grandes connotaciones sexuales.

17

d) Los muñecos de madera del *Popol Vuh*

Pasemos a una leyenda más; viene como parte de un libro sagrado y corresponde a la cultura maya-quiché. En el libro del consejo, conocido como *Popol Vuh*, se nos relata con gran belleza literaria una parte de la humanidad donde surgieron unos muñecos construidos de madera, raza que antecedió a los hombres de maíz. En esta leyenda aparecen los grandes dioses del cielo, quienes tuvieron la necesidad de crear la humanidad. Mientras charlaban sobre la superficie de la tierra, pensaron en construir estos maniquíes, estos muñecos de madera. Cuando estuvieron de acuerdo, la tierra comenzó a poblarse de estos muñecos de madera. Ellos conformaron un tipo de humanidad y vivieron y engendraron hijos. Pero no tenían ingenio, ni sabiduría y, sobre todo, no recordaban ni veneraban a sus formadores, a los dioses que los habían creado. Como no había ninguna sabiduría en su cabeza, aunque tenían el poder de hablar, comenzaron a debilitarse, al no tener consistencia tampoco tenían sangre, humedad, ni grasa y sus mejillas estaban disecadas. Entonces, los espíritus del Cielo produjeron una gran inundación y cubrió a estas criaturas construidas de madera, pues fueron sólo un ensayo de humanidad.

Este relato no sólo describe una parte de la cosmogonía maya, parece ser una sabia advertencia sobre el arte de los titiriteros, pues de antemano la tradición condena a su desaparición a los muñecos o criaturas que no estén animados por la vida misma. En estas mismas latitudes, el continente americano, encontramos testimonios sobre un alto grado en las técnicas de animación y de representación actoral. En especial en aquellas fuentes de la cultura náhuatl, como han dejado escrito Bernal Díaz del Castillo y algunos cronistas de las Indias, como Fray Bernardino de Sahagún. Sin embargo, es el momento de seguir avanzando con los muñecos y veremos en qué condiciones se desarrollaron estas manifestaciones artísticas.

18

e) La graciosa aparición del muñeco guiñol

Sabido es que el títere de guante surgió también en la ciudad de Lyon y que su fama se impuso por toda Francia. Pero, ¿cómo fue que este muñeco que antes se había llamado Punch en Londres, Casperl en Viena, Meneghino en Milán, Stenterello en Florencia y Polichinela en Nápoles, llegó a ser conocido como títere Guiñol? Bueno, de nueva cuenta habrá que contar otra historia.

En el periódico *Salut Public* de Lyon –1864– se dice que Laurent Mourguet fundó en 1795 un pequeño teatro en la Rue Noire. Ahí apareció por primera vez un guignol o guiñol, que no era otro más que el tipo conocido como Polichinela. Mourguet tenía un vecino que era operador en un taller de seda. Este vecino resultó muy atrevido, pues se caracterizaba por ser muy dicharachero. Cuando adquirieron confianza, este operario comenzó a darle opiniones sobre su espectáculo y luego terminó dándole consejos. Finalmente, el director del teatro decidió poner a su consideración las obras que escribía y que estaba por montar. Cuando el vecino encontraba alguna escena que le causaba gracia, vertía su comentario en medio de grandes risotadas: *C'es Guignolant*, que significa: *Qué gracioso es esto*. Mourguet sustituyó de inmediato al viejo Polichinela por este nuevo tipo, que tanto gustó a los franceses. Por eso la expresión Guignolant pasó al repertorio del teatro de la Rue Noire, pues el nuevo muñeco representaba al operario que trabajaba en un taller de seda.

En esta última historia no hay grandes Formadores que destruyen a sus muñecos. Aparece, por el contrario, un operario del taller de seda que transforma a alguien ya existente y lo deja correr por el mundo. Así ha sido la historia de los muñecos. Unos han viajado hasta la tumba de una bailarina egipcia, otros han forjado manifestaciones artísticas rigurosas como el teatro y la danza hindú. Otros muñecos cobraron vida, cuando sus modelos humanos fueron sacrificados, como fue el caso de Karagöz y su compañero Hadshivat. Otros más fueron destruidos porque carecían de inge-

19

nio en sus cabezas, como los muñecos de madera del *Popol Vuh* en la tradición maya-quiché. Otros muñecos, como Polichinela, se transformaron de acuerdo con los gustos y las necesidades de un teatrero y un trabajador de la seda. Los muñecos, por supuesto, seguirán viajando a lo largo y ancho del mundo.

Quizá sea este el momento de hacerles compañía, levantándolos de la nada y construyendo nosotros mismos a esos seres mágicos y maravillosos que acabamos de mencionar. Pero, antes de conocer algunas técnicas para su elaboración, es conveniente que demos un paseo por el teatro de títeres que ha surcado por la escena mexicana.

2. Los muñecos en la escena mexicana

Los títeres aparecieron en la escena mexicana desde tiempos muy remotos. Los arqueólogos que han realizado excavaciones en las diferentes zonas de culturas mesoamericanas han encontrado diversos muñecos articulados. Algunos provienen de la cultura maya, otros de la cultura tolteca y de la teotihuacana. Guardan gran semejanza con los muñecos de Egipto y Grecia, pues utilizaban títeres de arcilla y eran utilizados para las ceremonias religiosas. De aquí se desprende la posibilidad de que estas figuras hayan sido utilizadas como mera diversión.

De cualquier manera podemos decir que al Nuevo Mundo llegaron dos titiriteros a principios del siglo XVI. Sus nombres han pasado a la historia precisamente porque llegaron acompañando a las huestes de Hernán Cortés. Los primeros titiriteros del Nuevo Mundo se llamaron Pedro López y Manuel Rodríguez.

a) Los muñecos siempre critican

Al paso del tiempo, a mediados del siglo XVIII, cuando ya estaba funcionando en el país el Teatro Coliseo, los actores de carne y hueso afrontaron un problema, que era la fuerte competencia que representaban las funciones de títeres, pues les restaban público. En el año de 1774 el administrador del teatro

20

Coliseo denunció la baja asistencia del público y, gracias a sus influencias, logró que el teatro de títeres fuera prohibido en los límites de la capital. Con la esperanza, seguramente, de que sus funciones fueran más concurridas.

Sin embargo, esta prohibición no duró mucho tiempo porque, unos años después, un titiritero fue multado porque uno de sus muñecos tuvo la osadía de criticar en público a las autoridades. La noticia dio a conocer que, con fecha del 5 de abril de 1818, Fernando Campuzano, quien era dueño de los títeres del Callejón de Beas, resultó multado con veinte reales, porque en una de sus funciones, al utilizar a un gracioso muñeco llamado Folías, se le ocurrió lanzar tres pullas al señor alcalde, que por cierto estaba presente y de manera pública se le faltó al respeto.

La tradición de los títeres se consolida gracias al grupo de Juan de Colonia, que seguía la misma vena de ejecutar comentarios políticos y sociales a través de sus teatrinos. El país estaba sumido en una gran inestabilidad política y los títeres fueron utilizados como un arma de crítica. El escritor Arqueles Vela llega a comentar en sus escritos sobre los políticos que utilizaban grupos de presión, mientras otros más inteligentes empleaban como instrumento de lucha al teatro de muñecos. Dentro de estos estaba La Troupe de Juan de Colonia, quien además de ofrecer una sana diversión, inauguraba una etapa de lucha desde la escena. A través de sus representaciones, sus personajes opinaban y criticaban la situación política imperante. Arqueles Vela comenta una obra conocida como *El Policero*, que retrataba a los personajes pertenecientes al régimen político y quienes aparecían dibujados con gran sentido burlesco.

b) La compañía Rosete Aranda

En la segunda mitad del siglo XIX, precisamente en 1861, Leandro Rosete Aranda y sus hermanos, Adrián, Felipe y Tomás, establecen una compañía conocida como Empresa Nacional de Autómatas de los Hermanos Rosete Aranda. Esta compañía es importante porque

21

los títeres son ahora una contraparte de los actores, pues recordemos que en algunos casos aparecían como complemento de los actores de carne y hueso. Esta empresa imprimió dentro de sus programas la idea de que los títeres se merecían su propio mundo y por eso las piezas representadas tenían que ofrecer calidad, técnica y belleza artística.

Las representaciones de la compañía Rosete Aranda tienen que ver también con su preocupación por el público, pues sus espectáculos estaban dirigidos principalmente a los niños, pero no dejaban de lado al resto de los espectadores y lo mismo podía ser presenciado por las damas y por todo tipo de caballeros. Es decir, cada una de las obras podía ser contemplada por todos los segmentos de la sociedad. El principal objetivo de la compañía era entretener, pero además ofrecía un verdadero placer escénico. Leandro Rosete Aranda suspendió sus labores en 1909, año de su muerte, y su compañía fue vendida a Enrique Rosas, quien pronto quebró y terminó traspasando su empresa en 1911.

Carlos Espinel adquirió la compañía y prosiguió la labor de estos títeres con tanta tradición. Aunque era otro su promotor, éste no le cambió el nombre de sus antiguos fundadores. Durante sus largos años de existencia, dramatizó una gran cantidad y variedad de asuntos. Se ocupó de las corridas de toros, hizo recreaciones de bailes y tampoco dejó de lado los cuentos de la tradición popular, como *La cenicienta* o *Don Juan Tenorio*. Incluso abordó los temas históricos, como la obra denominada *El centenario*, donde desfilaba Porfirio Díaz. Las obras de este periodo están dedicadas expresamente a cumplir una tarea artística. El negocio de la Compañía Rosete Aranda era provocar alguna emoción estética y así siguió trabajando durante muchos años dentro del espectáculo de los títeres.

El avance técnico y de diseño de los títeres en México quedó demostrado por el mismo Carlos Espinel, quien mostraba orgullosamente la realización técnica de una de sus obras: un títere hombre-goma, que requería cinco manipuladores para que lo manejaran correctamente durante la representación.

c) Los pioneros del siglo XX
En 1929, Bernardo Ortiz de Montellano obtuvo la cooperación

22

del Departamento de Bellas Artes de la Secretaría de Educación Pública (SEP). Con este apoyo organizó un teatro de títeres en lo que entonces era La Casa del Estudiante Indígena. Ahí, con la colaboración de Antonio M. Ruiz y Julio Castellanos, y con la participación de los estudiantes, construyó el teatro y elaboró los títeres y terminó organizando un concurso con los mismos profesores.

Leopoldo Méndez, otro gran promotor y artista de aquellos años, dirigía la sección de Artes Plásticas del Departamento de Bellas Artes y, en 1932, sugirió que la misma SEP patrocinara al teatro de títeres de manera oficial. Él defendía las cualidades plásticas del títere, además de sus posibilidades de expresión. Su entusiasmo contagió a muchos, aunque todavía no se escribían obras que cubrieran las necesidades didácticas. El títere era todavía un principio y un fin en sí mismo, pero ya se vislumbraba la posibilidad de que fuera un vehículo para transmitir ideas y contenidos didácticos.

En estos años surge también otra pionera; nos referimos a la valiosa aportación de Angelina Beloff, quien es importante porque consolida el desarrollo del teatro de marionetas, pues comenzaron a usarse didácticamente en los kindergarten y en los primeros grados de las escuelas primarias con obras que incluían un repertorio de los cuentos tradicionales.

Narciso Bassols y Carlos Chávez, secretario de Educación Pública y director del Departamento de Bellas Artes, respectivamente, fueron invitados a la casa de Germán Cueto a una representación de títeres. Gracias a esta iniciativa, pudieron obtener un subsidio oficial para fomentar el teatro de marionetas. Así, los muñecos retomaron su papel principal en la escena mexicana. Silvestre Revueltas escribió un texto donde alababa la labor de Graciela Amador, de Leopoldo Méndez y de Germán y Mireya Cueto, pues el teatro que hacían para niños le parecía de gran trascendencia. Comenzó por reconocer que en sus funciones se les hablaba a los niños con un lenguaje propio. Comentó también que presentaban cosas conocidas pero que, gracias a la magia de su elaboración, resultaban nuevas. De manera agradable y divertida, sin descuidar su propósito artístico, estos artistas provocaban sentimientos de justicia mejor que las lecciones y aburridos consejos que se acostumbraban por aquella época.

23

d) Una semilla de tres ramas

La SEP fomentó entonces la consolidación de los títeres en la escena mexicana. En 1934 se formaron dos grupos: *Rin-Rin*, dirigido por Germán Cueto y *Comino* bajo la dirección de Leopoldo Méndez, lo que permitió la creación de nuevas obras que deleitaron a los espectadores. Angelina Beloff, incansable promotora de este arte, comenta que las obras eran adaptaciones de cuentos y leyendas que los mismos animadores hacían, pero que los nuevos argumentos contaban con una mejor supervisión de la SEP.

El éxito de los programas de títeres y de marionetas no solamente se debió a los temas didácticos. Los espectáculos corrieron con buena fortuna porque se hicieron más accesibles y no descuidaron ni el gusto ni las expectativas del auditorio. En muchas representaciones, las marionetas cantaban y danzaban con gran soltura los temas con que vibraba el público.

El grupo *Comino* tenía un héroe del mismo nombre, su animadora era Dolores Alva de la Canal y lograron viajar por toda la república transmitiendo mensajes sobre la higiene personal y criticando vicios como la holgazanería. Expurgaban sus comedias de cualquier extranjerismo en el ámbito verbal y manejaban sus muñecos con la intención de transparentar el alma de lo mexicano. Dolores Alva de la Canal tenía confianza en que su trabajo escénico no sería estéril al trabajar para los corazones ingenuos o para los campesinos de nuestro país.

El grupo *Rin-Rin* se transformaría más tarde en el grupo *El Nahual* y su director sería Roberto Lago; sus principales colaboradores eran Lola Cueto, Francisca Chávez y Guillermo López. El segundo grupo era El Periquito, de Graciela Amador, y trabajaban con ella Manuel Carrillo, Fausto Contreras y Carlos Sánchez. *Comino* era el tercer grupo de marionetas y estaba dirigido por Dolores Alva de la Canal y la apoyaban Alfonso Contreras, Carlos Andrade y María de los Ángeles A. de la Canal. Estos grupos no fueron los únicos, por eso es importante señalar que la lista de colaboradores fue amplia y desde entonces el teatro de marionetas y de títeres seguiría acrecentando una tradición popular y educativa en nuestro país.

Roberto Lago y su grupo *El Nahual*, por ejemplo, fueron

24

importantes dentro del teatro de marionetas nacional porque seguían un novedoso patrón dentro de sus representaciones. Acudían a las escuelas, dentro y fuera del Distrito Federal, a mostrar su trabajo escénico, pero no descuidaban el aspecto político de sus marionetas. Tratando de cumplir este objetivo, incorporaban elementos o descripciones sobre la situación regional. Para intercalar esta información, que le pertenecía al público, hablaban con los maestros y así conocían los chistes que estaban de moda o entrevistaban a los habitantes para conocer los problemas que los aquejaban. Posteriormente introducían esta información durante el desarrollo de las obras. Esta forma de acercarse al pueblo variaba de representación en representación y nunca se veía la misma obra, aunque había un origen común y un trabajo específico. Seguramente la novedad y el hecho de verse retratados en escena hacían que el éxito del público los acompañara siempre.

El grupo de marionetas *El Nahual* no se conformó con pequeñas obras didácticas, también tuvo trabajos más serios, representaron *Don Juan Tenorio* con gran éxito artístico. La más popular de sus producciones fue *¡Ya viene Gorgonio Esparza!*, de Antonio Acevedo, en un tiempo director del INBA. Esta obra se aleja de la intención didáctica convencional, pues trata el tema de la bebida y de los celos. En su trama vemos a alguien que no respeta la ley y que viola constantemente los derechos humanos, como diríamos ahora. Pero la obra también muestra que, aunque se haya sido un personaje repulsivo a lo largo de su vida, después de la muerte siempre tendrá la oportunidad de recibir un trato indulgente y, tal vez, hasta se consiga un pequeño lugar en el cielo.

Pronto la SEP patrocinó un nuevo grupo, al ver los resultados que por este medio se lograban. Los integrantes del grupo *Teatro Periquito* estaban más interesados en el folclore mexicano y en su tradición cultural. Sus contenidos didácticos eran otros. Escribieron más de 20 piezas y una cantidad similar de adaptaciones para el teatro de muñecos. Muchos de ellos iniciaron la enseñanza sobre la fabricación de las marionetas, especialmente don Germán Cueto y más tarde don Gilberto Ramírez Alvarado, tanto en el INBA como en la UNAM. De ellos provienen muchas de las técnicas que los titiriteros de este país seguimos usando en la actualidad.

25

Las actividades artísticas de estos grupos de teatro guiñol continuaron con tal intensidad que en 1936 se celebró un Congreso de Teatro Infantil y fue un espacio en el cual se dieron a conocer los problemas de las marionetas. Pero también en este congreso se encontraron soluciones gracias a la participación de gente como Germán List Arzubide, María del Refugio Lomelí Jáuregui, Graciela Amador, Antonin Artaud, Fernando Romano y Francisco Madrigal Solchaga. La lista de creadores y teóricos que acudieron al Congreso no deja de ser importante. La calidad de la enseñanza y la formación de los grupos de titiriteros quedaría de manifiesto en años posteriores. Por esta razón, los que queremos crear y manipular estos muñecos, nunca tendremos problemas para hacerlo. El teatro de marionetas en México es una riquísima tradición y nunca nos faltarán recursos para llevar a cabo nuestros propósitos.

e) Una crónica con Don Ferruco

Quisiera cerrar este paseo por el teatro de marionetas en México con un recuerdo que nos ha dejado John B. Nomland sobre Don Ferruco, un personaje netamente popular. Este grupo estaba a cargo de Gilberto Ramírez Alvarado, tan activo como el grupo El Nahual, que tenía subsidio del gobierno. Los funcionarios del Departamento del Distrito Federal tenían mucho interés en explicar a los habitantes de la capital lo que entonces era una oscura e intrincada situación mundial. Para esto no bastaban los oradores que tenían a sueldo. Fue entonces cuando don Gilberto Ramírez y su compañía de muñecos fueron empleados como el Teatro de Marionetas para la Defensa Civil. Don Gilberto era entonces un creador independiente, que manipulaba sus muñecos en el mercado Martínez de la Torre y que se sostenía con las módicas entradas que le cobraba al público. Gilberto Ramírez comenzó a presentar una serie de pequeñas obras usando el lenguaje coloquial del público y ahí fue donde surgió la figura de Don Ferruco: un ciudadano humilde e ignorante, pero de buen corazón, que logró dilucidar la situación histórica que imperaba en el mundo.

John Nomland, un investigador norteamericano quien escribió un ensayo sobre el teatro mexicano de la primera mitad del siglo

26

XX, tuvo la fortuna de acompañar a Don Ferruco durante su décimo aniversario, el 7 de marzo de 1951 y nos cuenta lo que vio: "El programa incluía una función por la mañana en la Biblioteca Gratuita del Distrito Federal Justo Sierra, en la colonia 20 de Noviembre. En esa sección de la ciudad se advertía la pobreza de los habitantes, pero cuando se corrió la voz acerca de Don Ferruco, y cuando la música empezó a brotar en los altavoces colocados sobre el techo del camión, niños y adultos alegres vinieron corriendo de todas partes vitoreando a Ramírez, a quien todos llamaban Don Ferruco. La bibliotecaria, que había pedido al grupo presentarse esa tarde, dijo a Ramírez que muchos de los estudiantes no se daban cuenta de que la biblioteca les ofrecía servicio gratuito, y que le agradecerían mucho que anunciara que todos estaban invitados a ir a estudiar y que podían usar los libros, lo cual fue hecho primero por un anunciador antes de empezar la función y después una y otra vez por los muñecos, en los entreactos.

"Mientras Ramírez hablaba con la bibliotecaria, los miembros de la compañía montaron el teatro junto a la biblioteca, con vista a un lote vacío, y antes de que hubiera pasado mucho tiempo el espectáculo estaba listo para empezar. La función se dividió en tres partes, con Don Ferruco anunciando en los cortos entreactos. Primero hubo una obra acerca de la limpieza y la salud, en la cual tres cabras derrotaban a un lobo; después se presentó otra en la cual el héroe popular, Astucia, combatía la violencia. A los niños del público se les daba la oportunidad, que muy pocos rehusaban, de gritar "Sí, sí", cuando el león les preguntaba si amaban la paz.

"Cuando la cortina cayó, los niños se mostraron visiblemente preocupados porque ya no habría nada más, pero pronto volvió a levantarse y aparecieron dos payasos haciendo chistes y dando consejos sobre el uso de la biblioteca y sobre otros pertinentes, aunque improvisados detalles. Se anunció entonces que la función por esta vez había terminado y el público de más de 200 niños con sus padres empezó a dispersarse, mientras el teatro era desmontado y acomodado en el camión para regresar a sus talleres en el centro de la ciudad."

27

II

El espectáculo de los títeres

La definición más sencilla del muñeco teatral podría ser la siguiente: "(de muñeca) Figurilla de hombre hecha de pasta, madera, trapos u otra cosa". Pero podríamos ampliar mucho más su sentido, pues esta es apenas una primera acepción que encontramos en el diccionario.

El títere es un figura teatral que nos sirve para representar un personaje: los personajes pueden ser bien hombres, animales o bien, objetos animados; en otro sentido los personajes pueden ser valores abstractos, a través de los cuales representamos nuestras ideas, como la Libertad, la Justicia, la Democracia y demás. Cuando los títeres personifican o encarnan estos valores, podemos representar y transmitir una acción, y toda ella conforma la materia prima del drama.

La única forma de que el muñeco logre convertirse en personaje es dotarlo de vida; llenarlo de significado y sentido, pues de esta forma nos será más fácil comunicar emociones, sentimientos e ideas, lo cual no resulta difícil, pues existen una serie de títeres que, por su tamaño y por la forma en que son manipulados, nos permiten expresarnos con claridad.

a) Los muñecos protagonistas

Algunos historiadores y conocedores del tema clasifican a los bellos muñecos en varias categorías, dependiendo sobre todo de los materiales y elementos usados en su elaboración. A continuación les presento a los muñecos que, por su belleza y al mismo tiempo por su fácil elaboración, se han convertido en protagonistas de cualquier espectáculo de títeres.

Muñeco de guante: cuyo prototipo es el muñeco guignol o guiñol, pues está constituido por una cabeza, ya sea de cartón, de madera, o de bola de unicel; esta cabeza está fija sobre una túnica o camisa de tela, que vendría siendo el torso. Se mete la mano en el interior, colocando el dedo índice en el cuello, para accionar el movimiento de la cabeza y los otros dedos sirven para brindarle movimiento a los brazos.

Muñeco de hilos o marioneta: controlado mediante hilos unidos por un extremo a las diferentes partes del cuerpo que se desean mover. Cabeza, manos y piernas, a veces rodillas y a veces también las caderas, dependiendo del grado de complejidad en la elaboración. Los hilos están conectados a un armazón de madera, llamado control o cruz, que permite al titiritero dotar de vida a su personaje con una sola mano, mientras que con la otra, puede manipular a otro personaje, pues se auxilia sólo con sus dedos o con las inclinaciones y levantamientos de la cruz, también llamada control.

Muñeco de varillas: este títere permite un gran tamaño del personaje o, cuando menos, mayor. Se maneja haciendo reposar su eje, como el asta de una bandera, sobre la faja que usa el titiritero. Una varilla soporta todo el cuerpo del muñeco; los brazos, que pueden tener cierta elasticidad, también se controlan con una varilla, más fina o delgada que la usada en su eje.

Muñeco de teclas: igualmente estas criaturas se apoyan en varillas, pero sus movimientos más claros y propios son hacia atrás y hacia adelante, pues permanecen en un soporte fijo: una tabla. Los brazos, las piernas y la cabeza, son articulados y se manipulan a través de hilos que corresponden a distintas teclas colocadas en la varilla.

Muñeco de resorte: principalmente es un títere de cuerpo plano, que puede plegarse en varias direcciones gracias a pequeñas bisagras; recobra o cambia su posición según el interés de la representación y siempre se acomoda mediante elásticos o resortes, de ahí su nombre.

Muñeco de barra: la figura está suspendida de una varilla de metal, colocada sobre su cabeza, mediante la cual el titiritero desplaza o mueve al personaje. En ocasiones, la figura posee hilos

30

para manejar los brazos y las piernas y de esta forma se logra una mayor expresión con la figura.

Hasta aquí este breve recorrido sobre los diversos tipos de muñecos que intervienen en el espectáculo de títeres. Más adelante veremos cómo se pueden encontrar muñecos de diversos tamaños, materiales y técnicas de manipulación y para cada uno de nosotros siempre encontraremos aquel títere que se adapte a nuestra necesidad, sin olvidar que cualquiera de ellos será eficiente, si nosotros ponemos nuestras manos, nuestras voz y, entre otras cositas, aquello que llamamos ingenio e imaginación.

b) El vestuario de los muñecos

Para que un muñeco adquiera personalidad propia habrá que dotarlo de vestuario, que en muchos casos viene siendo el cuerpo del títere. El vestuario, entonces, determinará a nuestro personaje gracias a su tamaño, a sus formas y al resto de características con que lo dotemos. Por esta razón no debemos descuidar el tamaño, el color o colores ni la forma de su ropaje, pues no tendrá más cuerpo que su cabeza.

En primer lugar todos comprendemos que el vestuario sirve para abandonar la desnudez, pero, más allá de esto, sirve para identificarnos o darnos a conocer de manera amplia y profunda. Eso mismo debemos aplicar a nuestros muñecos. La mejor manera para definir el vestuario tiene que ver con las semejanzas que guarda con el resto de las vestimentas o bien con la oposición de las formas o de los materiales. Por otro lado se puede manejar y cuidar el corte, los colores con relación a otros. Lo que cuenta es saber si la evolución del vestuario durante el tiempo que dura la representación ha sido clara, si el sentido es amplio gracias a los contrastes o si la vestimenta de los diversos personajes se complementa gracias a sus formas o a la gama de colores que se utilizaron.

El cuerpo de los muñecos adquiere carta de presentación gracias a su apariencia, se socializa ante el público y ante sus compañeros ficticios. Cada vestimenta contiene, o nos indica, no sólo la apariencia, sino también su edad, el sexo, la profesión y la clase social. Puede tratarse de un vestuario real o bien de un disfraz, lo

31

que conlleva a otra función por descubrir. Lo único que no debemos olvidar es que el vestuario, los ropajes utilizados en el escenario, debe ser un material sensual para el actor, que se expresa a través del títere. Debe ser un signo sensible para el espectador, quien reacciona positivamente o demuestra rechazo si un vestuario no resulta el apropiado por descuido del director.

Si el vestuario resulta coherente, accesible y sistemático, es decir, si ha sido hecho de tal manera que el público descifra las emociones que deseábamos transmitir, quiere decir que el vestuario ha sido no sólo el indicado, sino el correcto para la representación.

c) La voz de los muñecos

La voz del títere es sin lugar a dudas la voz del actor. Gracias a la voz del actor el público capta el texto y, al mismo tiempo, pone atención al desarrollo de la escena. De ahí lo importante que resulta evaluar el efecto que produce nuestra voz sobre los oyentes. La voz es una cualidad física que nos da presencia ante el público, aunque estemos de rodillas o detrás de unas cortinas moviendo un muñeco. La voz es, entonces, una cualidad con la cual transmitimos nuestras ideas por medio del lenguaje articulado. Posee elevación, potencia y timbre. En el espectáculo de títeres no se puede emitir la voz con descuido o como lo hacemos en vida cotidiana. Tampoco podemos hablar sin control y sin atención, pues estaríamos emitiendo efectos y cualidades poco favorables a la comunicación. En el teatro nuestro trabajo consiste en controlar las cualidades de la voz.

El timbre de voz que le demos a nuestro personaje le permitirá ser identificado de inmediato por el público y crearemos también una percepción directa, casi en el ámbito sensual, sobre la sensibilidad del espectador. Muchas veces, dependiendo de nuestra voz, las palabras pueden ser tomadas en un sentido de encantamiento, es decir, un discurso que provoque una sensación de bienestar o un momento mágico que corresponda a las emanaciones sensibles de quienes crean un sentido fantástico. La voz, se ha dicho, es una extensión, una prolongación del cuerpo en el espacio. Comprendemos, entonces, que la voz es la proyección del lenguaje articulado, sobre todo cuando hemos ido descifrando el contenido de

32

un guión o de una obra de teatro. Para darle cuerpo c textualidad a nuestro discurso, debemos eliminar las dificultades al proyectar la voz del muñeco que tenemos en nuestras manos. Pues la figura está ahí para comunicarse con otros y debemos establecer un contacto directo con el público.

Dentro de las características y elementos de la voz, podemos hablar en primer lugar de la entonación, que regula la altura de la voz y los acentos de la frase. La voz también tiene que ver con la manera de transmitir el mensaje, pues cada frase emitida requiere una peculiar acentuación o un timbre bien matizado. Además de un ritmo adecuado a la circunstancia de la acción dramática. La entonación nos indica, entonces, la actitud del locutor, su lugar en el grupo, su clase social. Gracias a la entonación de la voz, los enunciados pueden iluminarse sutilmente. De aquí viene la reconocida prueba que debemos pasar muy a menudo quienes dotamos de voz a los muñecos: diferenciarlos. Hacer diversas interpretaciones, en varias situaciones, pronunciando las mismas palabras y logrando emociones diferentes, nos brindará un repertorio de voces con matices y valores diferentes.

Una voz bien entrenada será capaz de lograr varios efectos; gracias a su velocidad al pronunciar palabras o gracias a la cualidad de su dicción. También nos ayuda la frecuencia o el manejo de los tonos; altos y bajos, graves y agudos, así como a la duración o función de las pausas. Por supuesto, habrá que evitar que se manifiesten ruidos al momento de respirar. Cuando una respiración, exhalación o inhalación se vuelve ruidosa, termina por cansar auditivamente al público.

Habrá que buscar que nuestra voz, aquella que esté utilizando nuestro muñeco, tenga precisamente una manera de hablar melódica o melodiosa, que resulte agradable a los oídos de quienes están presenciando nuestro trabajo, pues lo que pronuncia el muñeco no es cualquier texto.

Por supuesto que al presentar una obra con muñecos se buscará que haya una coordinación entre la voz y los movimientos que el títere realice. La acción de un títere se enriquece gracias a sus desplazamientos y parlamentos, por eso la voz tiene que ir acorde al trabajo escénico que realicemos con nuestra figura.

33

d) La caracterización de los muñecos

Pensemos que nuestro muñeco ya ha sido creado. Hablemos, entonces, de la caracterización del personaje que está en nuestras manos. Cuando decimos caracterización estamos mencionando que somos expertos en reproducir en el personaje, gracias al actor que lo manipula, una singularidad que hace especial a nuestro muñeco. Esto es posible mediante la utilización del maquillaje, de la indumentaria o vestuario, de su voz y, por supuesto, de sus parlamentos. Stanislavsky, ese gran director ruso, decía que todos los actores (y aquí podemos incluir a los manipuladores de muñecos) somos personas con carácter. El carácter al que él hacía referencia tenía muy poco que ver con las características exteriores, aunque eran importantes. Cuando él hablaba de caracterización se refería a aquellas cualidades interiores que nos permitían ser diferentes al resto de las personas. Así que, al momento de trabajar con muñecos, debemos hacerlos especiales en su individualidad y para esto no hay otro material más que nuestra propia vida. Podemos echar mano también de aquello que nos platican otras personas. Ya sean casos o sucesos reales o imaginarios. Aunque también podemos usar nuestra intuición, nuestro sentido de observación, o bien, apoyarnos en las demás artes, como la composición y actitudes que toman los personajes en la pintura, las frases que leemos en los libros, sin olvidar los extraordinarios ritmos y las frases melódicas que escuchamos en la música selecta, sobre todo si lo requiere nuestro espectáculo, porque de lo contrario, a lo mejor nuestro títere funciona mejor con una música popular. Lo importante siempre será que, como manipuladores, debemos aportar elementos que manifiesten el carácter de los personajes, que no es otra cosa más que un signo claro de lo que ha escrito el autor o hemos escrito nosotros mismos. Es decir, nuestro objetivo al momento de caracterizar es presentar a un personaje que no se vea débil ni suene monótono. Esto nos permitirá lograr una verdadera transformación: hacer algo animado del muñeco que hemos elaborado.

¿Cómo lograr una adecuada caracterización del personaje? En nuestro ámbito, el espectáculo de títeres, el dramaturgo presenta a

34

sus personajes en acción y en palabra. Muy pocas veces utiliza comentarios que revelen la manera de pensar o el sentir de nuestros personajes. Consideramos, entonces, que hay cuatro formas para caracterizar a nuestro muñeco.

1. Indicaciones escénicas donde podemos explicar el estado psicológico o físico de los personajes. Gracias a las acotaciones podemos especificar el lugar de la acción donde se encuentra o indicar cuál es el estado del clima o la hora del día en que se llevará a cabo el suceso donde participará nuestro personaje.
2. Estamos caracterizando al momento de mencionar el nombre de los lugares y señalando los tipos de caracteres en juego. Es decir, el dramaturgo o el autor del guión dramático puede señalar si nuestro personaje es impulsivo, si el espacio donde se encuentra le brinda ciertas libertades o si, por el contrario, le resulta opresivo u hostil para su forma de vida.
3. Se puede caracterizar a través del discurso que emite el personaje. Captamos la forma de ser del personaje por la forma de hablar, por un lado, e indirectamente también podemos caracterizar al protagonista gracias a los comentarios vertidos por sus compañeros del reparto y que resultan cercanos a su mundo y desarrollo, lo que nos da una multiplicidad de las perspectivas sobre cómo es visto nuestro muñeco o nuestra figura dramática.
4. Caracterizamos gracias a los juegos escénicos y a los elementos paralingüísticos que utiliza nuestro personaje. El personaje puede quedar bien caracterizado gracias al tono de su voz, a la mímica, a la gestualidad o al ritmo con que se expresa.

Podríamos concluir diciendo que la caracterización es una técnica teatral que utilizamos para proporcionar información sobre un personaje o para definir una situación. La caracterización de los personajes es una de las tareas esenciales del dramaturgo, y tendremos que cuidarla al momento de desarrollar nuestra obra y nuestro espectáculo. Consiste en proporcionar al espectador los medios para ver y para imaginar el universo dramático que les estamos proponiendo y, por tanto, para recrear un efecto de

35

realidad u organizando la credibilidad y, en su caso, la verosimilitud del mismo personaje o el sentido de las aventuras en que se ve envuelto.

e) La utilería en el teatro de muñecos

En un espectáculo teatral, todos los objetos que maneja el actor pasan a conformar la utilería. Todo aquello que delimite el espacio o señale las características del lugar o del sitio de la acción, ya sean artefactos, muebles, adornos que veamos al comenzar la obra y que puedan ser retirados, según se requiera, pasan a conformar la utilería. A quien la coloca o retira se le denomina utilero. Entonces, la utilería pasa a ser el conjunto de artículos que se requieren en el escenario en diversos momentos a lo largo de la representación. Una obra de títeres podrá tener pocos objetos y accesorios, pero no podrá carecer de ellos, pues entonces la pobreza de la obra quedaría de manifiesto. Habrá que tener cuidado de que cada uno de estos elementos sean importantes para el desarrollo de la acción. Su importancia radica en su funcionamiento dentro de la representación, es decir, que nada quede fuera o que se nos olvide. La ausencia de algún artículo o artefacto de la utilería puede desencadenar confusiones que entorpecerán el espectáculo en su totalidad.

f) La escenografía en el teatro de muñecos

Para los griegos, la escenografía era el arte de adornar el teatro, lo que incluía el decorado pintado que resultaba de esa técnica. Durante el renacimiento, la escenografía fue una técnica que consistía en dibujar y pintar un telón de fondo con todas las reglas de la perspectiva. En el sentido moderno, entendemos la escenografía como la ciencia y el arte de la organización del escenario, del espacio teatral. También es, por metonimia, el decorado en sí mismo y el resultado del trabajo del escenógrafo. Hoy, con mayor frecuencia cada día, la palabra ocupa el lugar del decorado, para superar la noción de ornamentación y de envoltorio que a menudo se asocia a la noción anticuada del teatro como decoración. Es decir, la escenografía tiene como finalidad brindarle al espectador los medios para actualizar y reconocer un lugar neutro. Cualquier sitio podría convertirse en una plaza o en un palacio, gracias al trabajo

36

del escenógrafo. Adoptando todas las situaciones y siendo capaz de adaptarlas y ubicarlas con exactitud al entorno o del personaje, ya sea despojando o manifestando sus raíces étnicas y sociales.

En nuestro tiempo la escenografía entiende sus tareas, ya no como una ilustración ideal o única del texto dramático, sino como un dispositivo capaz de iluminar —ya no de ilustrar— el texto y la acción humana. La escenografía nos permite situar el sentido de la significación como un intercambio entre un espacio y un texto que será recibido por los espectadores; eso es precisamente nuestro espectáculo.

Podríamos terminar el tema de la escenografía y la utilería con las siguientes palabras: entendamos que la escenografía debe ser un elemento integrador entre los títeres que se encuentran en la obra y la historia por un lado. Pero también las acciones que se desarrollan según fueron marcadas en el texto dramático, deben orientarse hacia los espectadores. Debemos procurar entonces como directores, tener un mínimo de elementos escenográficos y no cambiar los decorados con tanta frecuencia, ya que los cambios quitan tiempo y en muchas ocasiones restan interés a las historias que estamos representando. En un espectáculo de títeres será importante no distraer a los espectadores, con movimientos innecesarios durante la escena. Así, la realización de escenografías, sencillas y simples, permiten que los títeres que hemos elaborado se brinden y aparezcan con mayor nitidez al momento de la representación. Será también importante que sea clara, es decir, que se signifique todo aquello que se mencione en la representación, por ejemplo, cuando un muñeco cargue una piedra pesada, será necesario que dicha utilería, el objeto denominado piedra, aparezca cerca del muñeco y, en efecto, el público entienda que esa piedra no sólo es enorme para nuestro títere, sino también para todos nosotros. De lo contrario se perderá la credibilidad y, como ya dijimos, es muy importante no perder el sentido de la obra que estamos representando.

g) El guión o texto dramático

Al realizar un espectáculo de títeres partimos de la idea de socializar a cada uno de los integrantes del grupo. Para lograr esto, conviene que la historia, el guión o la obra dramática, sea escrita o

37

creada en forma colectiva, es decir, que entre todos los integrantes presenten la idea o el tema que quieren representar. Aquí iniciamos una tarea dramática que consiste en redactar los diálogos junto con sus acotaciones, aclarando el trazo escénico y, por supuesto, la resolución de la fábula.

Esto quiere decir que dentro del grupo se buscará enfocar los intereses y las acciones para lograr un solo objetivo, y la imaginación de cada uno de ellos trabajará en pro de un espectáculo redondo y completo.

El título de la obra o del guión dramático dependerá siempre de la edad de cada uno de nosotros. Por ejemplo, si la obra está elaborada por alumnos de primaria, secundaria o preparatoria, las necesidades serán diferentes. Para empezar es variable el tiempo de atención que pueden dedicarle a un espectáculo teatral. También habrá que tomar en cuenta si la obra que vamos a representar con nuestros muñecos forma parte de un programa más amplio. Si es una ceremonia escolar, quizá tengamos solamente 10 o 15 minutos, y extendernos más de este tiempo sería cansado y fatigoso para nuestro público, sobre todo si su postura no es cómoda como espectadores. Los homenajes y las ceremonias cívicas, casi siempre se realizan estando de pie. La situación cambia si la obra que estamos escribiendo o deseamos montar forma parte de un solo espectáculo, con un escenario adecuado y con butacas cómodas para nuestro público, entonces sí podríamos explayarnos al escribirla y dotarla de una duración prolongada, digamos una hora de acción, aunque quienes trabajamos manipulando muñecos sabemos que no es conveniente extendernos más allá de una hora. Siempre será preferible que los programas estén formados por dos o tres historias en escena, de preferencia diversas entre ellas por tema y tipo de muñecos.

Más adelante veremos una propuesta con siete puntos que debemos cumplir al momento de escribir o crear nuestras propias historias. Lo que sí debemos dejar en claro es que cada obra deberá concluir con un final que resuelva o cierre la solución del problema, o concluya la trama expuesta o clarifique los puntos históricos o informativos que se han propuesto dilucidar desde el inicio. El

38

tema de la obra que escribamos o lleguemos a representar podrá estar relacionado con las materias académicas que estamos cursando. Podrán ser de nuestro interés o trataremos de cubrir algún objetivo del programa escolar. Las materias pueden ser las más diversas, desde temas históricos, temas de matemáticas, de biología, así como los relativos a la materia de español y de literatura universal. En algunos casos será conveniente tocar los problemas cotidianos, en especial aquellos que nos rodean y que resultan característicos de nuestra comunidad, pues así el interés estará siempre basado en historias que transcurren ante nuestros propios ojos y que resultan asuntos que sabremos analizar con mayor cercanía y tomar una postura clara ante lo escrito.

Si el espectáculo de títeres se va a montar con niños de la etapa preescolar, o de los primeros grados de primaria, será conveniente que las etapas de redacción y los ensayos se eliminen o se reduzcan a lo mínimo, ya que es conveniente que las historias sean espontáneas, lo mismo que las acciones. Los diálogos podrán inventarse durante el transcurso de la representación y así tendrán la frescura de ser realizadas en el acto y con la afortunada intervención de la imaginación. Sin olvidar el dinamismo y la alegría de los pequeños manipuladores de los títeres, que pondrán su granito de arena en la confección del espectáculo. En este caso también se recomienda de antemano que los títeres usados sean de técnicas sencillas y ya veremos algunos muñecos más adelante.

El guión dramático o la obra de teatro para este grupo de pequeños manipuladores tendrá que delimitar muy bien qué será lo que sucederá en la obra, quiénes participarán en ella y cuántos hechos y acciones serán representados. Conviene, por supuesto, no exagerar ni presentar una gran cantidad de situaciones. Mientras resulta conveniente permitir que el niño, quien ha creado sus muñecos en etapas anteriores y que está ansioso por darles animación, se apoye en las improvisaciones y agote su historia en el tiempo y en el plazo que él considere adecuado. Es decir, en cada historia representada por los pequeños en edad escolar será importante que el texto creado o el guión dramático responda a sus intereses.

No hay en ningún caso medidas ni temas delimitados para los grupos de titiriteros. Aceptemos con agrado que nuestras obras

39

pueden tocar temas diversos: historias cotidianas, relatos de aventuras, asuntos de viajes, leyendas, o bien cosas que hemos visto o escuchado en nuestro entorno. Si no tenemos asuntos o problemas delimitados y no hay manera de saber qué nos interesa, puede deberse a que los equipos presentan una cantidad variable de integrantes, lo que dificulta la elección. A veces hay grupos donde la edad de los niños, o cualquier otra diferencia impide concentrar los intereses. Quizá sea importante señalar que, si se forman o fundan varios grupos de acción, busquemos que cada uno de ellos participe y forme distintas historias. Esto puede desarrollar cierto espíritu de competencia entre los trabajos presentados. Por supuesto en el momento de evaluar los guiones o las obras de teatro que serán representadas, cada una de ellas será valiosa e interesante para todos nosotros. En el arte es difícil decir qué obra en su totalidad o qué espectáculo resultó mejor para cada espectador.

Actualmente partimos de la idea de que todo texto es teatralizable. A partir del momento en que sea utilizado en el escenario, convertimos el texto común y corriente en un texto dramático. Hasta el siglo XX se consideraba como la marca de lo dramático, es decir, del quehacer del dramaturgo, a aquellos elementos, tan claros hasta entonces, como los diálogos, el conflicto, la situación dramática y la noción del personaje. Sin embargo, al paso de los años, esta idea ya no resultó una condición sine qua non o necesaria para el texto destinado al escenario o utilizado por él.

El texto que será dicho por los actores no es otro que aquel que transmitirán nuestros muñecos. A menudo es transmitido por las acotaciones escénicas o didascalias. Dicho texto puede ser compuesto por el dramaturgo o a veces, como hemos señalado, por todos aquellos que trabajan en el taller. Puede ser un autor externo o una idea del director del espectáculo. El diálogo debe dar las mismas oportunidades para cada uno de los personajes; es decir, nuestros muñecos nos darán la oportunidad de hacernos trabajar y cada uno de nosotros nos encontraremos manipulando y dándole voz a los personajes.

Debemos visualizar la fuente de las palabras, es decir, sus ob-

40

jetivos, sin someterlos a un centro de interés u objetivo jerárquico, salvo que lo requiera la obra.

El origen de la palabra tiene que ser explícito, las tiradas o las réplicas deben aparecer como independientes. Al seleccionar un texto dramático tenemos que someterlo a un análisis literario, antes de recitarlo, de declamarlo o de representarlo a través de nuestros muñecos. Si el texto dramático está bien construido, si lo hemos trabajado correctamente a través del análisis, esto nos ayudará a iluminar el espacio, el tiempo, la acción y la cualidad de los personajes.

h) Los siete elementos de un guión teatral

Ahora veremos un ejemplo de dramatización. Este modelo para escribir nuestro guión no es el único, pues hay tantas formas de escribir una obra teatral, como dramaturgos hay en el mundo. Pero estamos partiendo de un modelo sencillo que nos permite ofrecer una historia o fábula completa. Cada dramatización debe ser entendida como aquellas tareas que serán desarrolladas por el dramaturgo, ya sea que adapte una obra narrativa, como verán algunos casos más adelante, o bien para a crear un nuevo texto dramático que trabajaremos con los titiriteros.

Para tratar de manejar las cosas con claridad, utilizaremos un esquema que reúne siete puntos que debemos cubrir, para que el texto dramático quede lo más redondo y completo posible. Éstos son los siguientes:

1. *Título* del trabajo.
2. *Referencias al material recopilado:* mismo que podemos obtener a través de entrevistas, en investigaciones de campo o utilizando una bibliografía o cualquier otra fuente de información.
3. *Punto de partida:* el trabajo que vamos a desarrollar no sólo tiene que ver con una necesidad personal de expresarnos, puede ser una petición escolar, una fiesta o cualquier otra celebración que requiera de un espectáculo de títeres. Incluso una exposición de tema ante el grupo que nos acompaña en el salón de clases.
4. *Reparto:* debemos enumerar y señalar cuáles son los personajes

41

mínimos y necesarios para dramatizar la información o los sucesos que nos interesan llevar ante el público, pues para ellos escribiremos los parlamentos: sean héroes o personajes históricos, sean animales o, en su caso, seres fantásticos como los que aparecen en algunas leyendas.

5. *Detalles:* mencionar unos cuantos detalles que nos pinten al héroe, aquellos que sean más característicos de cada personaje, para ilustrarlos con claridad durante el desarrollo de los hechos.

6. *Sucesión de los hechos:* elaborar una pequeña lista de los acontecimientos ubicados en el tiempo, en el espacio y, de ser posible, con fecha exacta, hasta el cierre o conclusión de nuestras acciones.

7. *Cierre de la obra:* es decir, anotar hasta dónde hemos trazado el final de nuestro tema, pues esto nos dejará en claro cuál será el desenlace de la obra.

Haremos ahora un breve ejercicio como ejemplo de la forma en que podemos trabajar para elaborar un guión dramático. Por supuesto, lo más importante es partir de los elementos que tenemos a la mano y poner a trabajar nuestra imaginación, dicen los que saben. En este caso, imaginemos que tenemos que cumplir con una representación en la escuela primaria o secundaria o en cualquier otro evento. Total, tenemos que hacer una demostración y, al mismo tiempo, queremos utilizar los muñecos que ya hemos elaborado.

Comencemos. Según el esquema anterior, lo primero que debemos tener decidido a la mano es el *Título* de nuestro trabajo. Cuando uno lleva tiempo escribiendo, aprendemos que el título siempre aparece después. Esto puede suceder a mitad del proceso creativo o, casi siempre, al final; es decir, cuando ya conocemos la extensión y los detalles de nuestro trabajo. Aun así, digamos desde un principio que nuestra obra se llamará "El almirante de la mar océano".

Debemos tener muy claro cuál ha sido nuestro *Punto de partida* y, como lo marca nuestro esquema de trabajo, tenemos que anotarlo a continuación. Digamos que nuestro punto de partida es: La celebración del descubrimiento de América (12 de octubre de 1492), porque a nuestro grupo le ha tocado realizar el homenaje o

42

la ceremonia alusiva a tal fecha o, simplemente, porque el maestro de historia ha querido que repasemos el tema ante el salón de clases.

Tratando de definir el tercer punto, llegamos al *Reparto* de nuestra obra. Podríamos centrar nuestra obra en los siguientes personajes:

1. Los reyes de España: Isabel I, reina de Castilla y Fernando II, rey de Aragón.
2. Los sabios de Salamanca
3. Cristóbal Colón
4. Los hermanos Pinzón (si no averiguamos sus nombres, podemos llamarlos simplemente como Hermano 1 y Hermano 2).

Seguramente necesitaremos un *Narrador* que ubique espacialmente las acciones de nuestra futura obra y esta función la puede realizar cualquier persona de nuestro equipo, aunque no sea un personaje.

Pasemos ahora a los *Detalles*: como no queremos hacer una gran producción histórica, ni para el cine ni para el teatro, sólo necesitamos ubicar con unas cuantas características a una reina. A veces con una corona basta, aunque podríamos aumentarle un bastón de mando y una capa al muñeco que la represente. La capa podría ser de terciopelo rojo y llevar en la orilla una cinta dorada para tratar de elevar su alcurnia. Ahora pongamos a los sabios de Salamanca con grandes túnicas negras y unas cofias o sombreros que los dote de dignidad. Nuestro Cristóbal Colón se merece, digamos, un rostro sereno y, entonces, el muñeco llevará unas largas vestimentas. Además, tendrá su cabellera larga, como lo hemos visto en las reproducciones históricas. Por último, le daremos detalles semejantes a los hermanos Pinzón. ¿Cómo describir a dos hermanos fuertes y aguerridos con la profesión de marinos? Hagamos muñecos de brazos poderosos y con un pañuelo rojo cubriremos sus cabezas, pues, como marinos, tienen que evitar que sus cabellos vuelen con el aire mientras surcan el mar.

Los detalles no tienen que cubrirse a profundidad o hasta la última curiosidad relacionada con los personajes. Nues-

43

tros títeres pueden quedar perfectamente identificados ante el público, simplemente al llamarlos por su nombre. Así que, en cuanto estemos escribiendo los parlamentos, hay que mencionar sus nombres o apelativos. Tenemos que hacer que se dirijan entre ellos con sus nombres propios, para que los espectadores tengan muy en claro quiénes son los protagonistas que intervienen en la obra.

Sucesión de hechos: como estamos elaborando una obra informativa y didáctica, quizá al maestro o al publico le interesen algunas fechas: podemos enriquecer la obra con algunos datos curiosos. Así que esta es nuestra oportunidad para mostrar la información o el conocimiento con que contamos. Pensemos de antemano que cada hecho enumerado puede corresponder a una escena o a una secuencia de diálogos bien definida. Para escribir *El almirante de la mar océano* bastarían los siguientes hechos:

I. La reina Isabel I y Fernando II hablan del viaje que les ha propuesto Cristóbal Colón.
II. La junta de Salamanca objeta su proyecto.
III. Los hermanos Pinzón trabajan en el Puerto de Palos.
IV. Cristóbal Colon regresa a España después de descubrir América.

Estos cuatro grandes hechos bastarán para elaborar una pequeña trama relacionada con el descubrimiento de América. Habrá que concluir el guión que estamos redactando con lo que hemos denominado *El cierre de la obra.* Para esto nos servirá la ultima escena, por ejemplo, donde representemos cómo regresa Cristóbal Colón a España y demuestra a sus majestades el buen fin que tuvo su empresa, al entregarle los obsequios y los nativos del nuevo mundo que trajo al reino.

Ya hemos cubierto cada uno de los siete puntos de nuestro esquema. Y espero que ustedes también se encuentren listos para comenzar con la escritura de su propio drama.

Para elaborar este proyecto de escritura utilicé la monografía número 29 de la editorial Lucas, titulada precisamente "Descubrimiento de América". La amplitud o profundidad de nuestras fuentes puede ser tan amplia como uno lo desee. Los resultados siem-

44

pre serán los importantes para nuestros espectadores. Si desean ver lo que escribí con esta pequeña información, pueden saltarse unas páginas y leer los diálogos que redacté para *El Almirante de la mar océano*. Seguramente ustedes podrán hacerlo diferente y, seguramente, lo harán mucho mejor.

III

El castillo de la ilusión: el teatrino

Cuando decimos teatrino, de inmediato pensamos en un teatro realizado a una escala pequeña; para nosotros el teatrino es una maqueta hecha a escala que refleja fielmente, pieza por pieza, lo que será el decorado. El teatrino será el espacio donde nosotros ubicaremos a nuestros muñecos para crear la ilusión deseada, que no es otra cosa más que llevar a escena nuestro texto dramático. Antiguamente se conocía como *castillo* a esta construcción, pues es el espacio tradicional que corresponde al teatro guignol. Siempre ha sido un armazón de carácter portátil, de forma cuadrangular, cubierta con una vestidura de tela, en el cual se cubren los manipuladores desde los pies hasta la altura de su cabeza y el público presencia la acción por la embocadura, que viene siendo el proscenio de los teatros tradicionales o a la italiana. En la parte superior de la embocadura, que puede estar delimitada por travesaños, es posible colocar nuestras lámparas para la iluminación y algunos decorados, sin olvidar el telón de fondo que también es parte importante de la escenografía.

Los teatrinos son elaborados, además de la técnica ya conocida como castillo, según las necesidades de cada grupo. Por eso existen los teatrinos cuadrados, los redondos, algunos rectangulares o bien los que mencionaremos a continuación y que podríamos denominar como teatrinos emergentes. Por su fácil instalación podríamos denominarlos teatrinos improvisados, pero siempre nos sacarán de apuros y no tendremos que andar cargando con ellos, sino simplemente aprovecharlos en beneficio de la función.

47

a) Los teatrinos emergentes

Los teatrinos emergentes o improvisados nos sacarán de apuros si tenemos la obligación o necesidad de representar nuestra obra en espacios que no han sido acondicionados para tal efecto. También nos sirven cuando no hemos podido transportar nuestro castillo o teatrino ya elaborado. Los teatrinos emergentes pueden ser sugeridos gracias a sillas, aprovechando el respaldo para sujetar una tela y trabajar detrás de ella, para ocultar la manipulación de los muñecos. Podemos aprovechar también el marco de una puerta; aquí cubriremos con una cortina, o con una sábana, o un trozo de cartón o hasta el telón elaborado de la compañía; en la parte posterior a los muñecos que guardaremos y se ocultarán los manipuladores. Una mesa de regular tamaño o un escritorio tendido sobre el suelo también nos sirven para ocultarnos, lo que en el teatro se llama aforar; pues podríamos trabajar entre las patas de los muebles y sentados sobre nuestras rodillas o en cuclillas, levantar los brazos para enseñar las acciones de nuestros muñecos. El borde superior del escritorio o de la mesa servirá para que el público preste atención al trabajo visible a los muñecos y el resto de nuestro cuerpo permanecerá detrás de los muebles, estaremos aforados, fundidos con el foro emergente.

48

En una casa, el teatrino puede sugerirse y funcionar muy bien en la puerta de alguna habitación. Como ya hemos dicho sólo se trata de delimitar la sección del escenario y la correspondiente a los espectadores. Podríamos abrir la puerta y sobre el marco colocaríamos nuestro telón. Cuando existe cierto profesionalismo, cada grupo lleva sobre el telón el nombre de la compañía, pero si andamos en la etapa de aficionados, una sábana blanca o una manta o una cortina negra, además de los trozos de cartón, pueden ocultarnos muy bien.

Las cosas se facilitan más cuando usamos una ventana de la casa donde haremos la representación. En una ventana o ventanal

hasta las mismas cortinas servirán como telones y los muñecos pueden actuar entre los barrotes o huecos de la ventana, pues en la mayoría tienen hojas de cristales que pueden abrirse o recorrerse. Los espectadores pueden estar sentados ya sea en el jardín, en pleno pasto, o se les puede dotar de algunas sillas para su mayor comodidad. En este caso, sólo habrá que tener cuidado cuando utilicemos nuestra voz, ya que tanto los muñecos como los efectos teatrales que utilicemos en la representación deben ser percibidos con nitidez por nuestro público: buen volumen y buena dicción al hablar, lo mismo con los efectos teatrales, el sonido, la música y demás.

En un salón de clases, podríamos voltear el escritorio o la mesa del profesor y los manipuladores se colocan detrás de este mueble, mientras las sillas y pupitres hacen las veces de las butacas del teatro o del auditorio. En este caso, debo advertirlo, el esfuerzo recaerá en los titiriteros, pues tendrán que trabajar de rodillas o sentados en el suelo. Debido a la escasa altura de estos muebles, nunca lograremos cubrir nuestros cuerpos si trabajamos de pie. Entonces habrá que llevar a cabo la función en una posición bastante incómoda. La solución a nuestro cansancio y a esta posición incómoda, consiste en presentar una historia corta.

50

En un parque podemos utilizar también una manta, misma que colgaremos con lazos o mecates a los troncos de los árboles mejor dispuestos, a veces también nos resultan útiles sus ramas. Nuestra pequeña manta o cortina también nos ayudará a que nuestro cuerpo quede protegido. Para esto habrá que aprovechar el declive o la altitud del lugar, pues necesitamos aforar a los integrantes de la compañía y delimitar el escenario y los lugares que corresponden al público.

También habrá algunos muros cuya altura nos permita colocarnos en la parte posterior, el lado contrario al sitio donde ubi-

51

quemos al público. Gracias a un agudo sentido de observación, encontraremos la barda, el barandal o la reja para ubicar a nuestros muñecos. Así que al llegar al parque o al bosque debemos realizar un rápido reconocimiento del lugar, pues esto nos ayudará a escoger el sitio adecuado de la representación. Si el sitio cuenta con un pequeño foro, estamos salvados, pero si debemos sugerirlo, habrá que buscarlo de inmediato y para esto pueden funcionar muy bien las bancas de hierro o de cantera. En otras ocasiones los kioscos que aparecen en las plazas nos sirven de maravilla.

A últimas fechas resulta fácil armar un teatrino, tan emergente como los ya mencionados y que ofrece una mayor solución escénica. Este teatrino se construye fácilmente con bisagras y unas rejillas metálicas y puede ser totalmente cuadrado o con tres frentes. Lo que sí parece indispensable, al momento de establecer un teatrino emergente, es la presencia y utilidad de tener una manta a la mano, que haga las veces de telón para proteger a los manipuladores. Así que te recomendamos de antemano que vayas elaborando un telón que lleve el nombre del grupo y que esté adornado con algunas figuras y detalles interesantes. Incluso un teatrino tan sencillo debe servir para ir captando la atención del público. Los espectadores quizá sólo fueron a caminar al parque y sin la esperanza de encontrarse un espectáculo de títeres y, como nos han encontrado a nosotros, debemos cautivarlos desde el principio.

Siempre será importante crear una gran expectación para que el público espere con ansias la aparición de nuestros muñecos. Por ello no debemos descuidar la presentación de los teatrinos emergentes.

b) El castillo o teatrino oficial

Si como integrantes de un grupo hemos decidido dedicarnos a la profesión y oficio de titiriteros, será conveniente elaborar o construir un teatrino profesional. Esta es una recomendación también necesaria para los educadores o los colegios que tienen programadas actividades con títeres. En este caso se recomienda una pequeña construcción teatral fija. El castillo, o casa de los títeres, es un elemento necesario para llevar a cabo nuestras representaciones con mayor eficacia y seriedad. El castillo nos permite ocultar

52

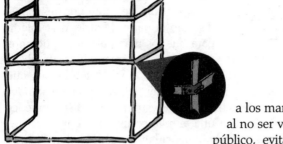

a los manipuladores y, al no ser visibles para el público, evitamos que se distraiga la atención de los espectadores. De esta forma estarán más interesados en ver cómo se crea la voz y el movimiento de los mismos muñecos que aparecen delante del público. Por lo mismo, a continuación veremos algunas imágenes y sugerencias de lo que puede ser un teatrino para una representación profesional.

Hay que cuidar de antemano que la embocadura o el espacio donde se moverán los títeres sea adecuado. Trataremos de que no sea demasiado alta ni lejana para los espectadores. Tampoco será demasiado elevada para los manipuladores, pues si la duración de una obra de títeres resulta larga, nos fatiga y, quienes hemos trabajado con muñecos sabemos que después de 15 o 20 minutos con los brazos levantados, termina uno cansado. Pensemos también en lo duro que sería soportar media hora estando de rodillas o sentados en el suelo y sin dejar de manipular muñecos. Claro que hay entrenamiento y resistencia física en los titiriteros, pero a la larga la calidad del trabajo se desvanece. Tenemos que hacer hablar a nuestros muñecos y desplazarlos con gran delicadeza, aspectos que no se pueden atender con eficacia si nuestra posición es inadecuada o poco cómoda.

Estructura interna: el teatrino consta de un armazón formado por tiras de madera. Entre más ligeras sean, mucho mejor. Cada tira de madera puede estar unida por medio de una escuadra de metal y atornilladas con tuercas. Esto nos permite una rápida instalación y un fácil transporte al desmontarse en un instante. Sólo en algunos casos se permiten clavos; cuando el teatrino no va a desplazarse y se tiene fijo en algún lugar de la escuela o del

53

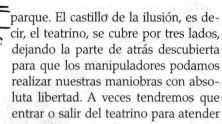

parque. El castillo de la ilusión, es decir, el teatrino, se cubre por tres lados, dejando la parte de atrás descubierta para que los manipuladores podamos realizar nuestras maniobras con absoluta libertad. A veces tendremos que entrar o salir del teatrino para atender al público o para interactuar con los espectadores. Estas paredes pueden ser cubiertas con una amplia cortina o cubrir estas tres partes de tal forma que permitan ocultar al manipulador. Cuando hablamos de esta vestidura para recubrir nuestro castillo, recomendamos que de preferencia sea negra o, en todo caso, que no sea traslúcida, para que no se puedan ver las acciones que realizamos al interior del teatrino.

La varanda o banda es la parte inferior de la boca-escena, y sirve para colocar *fermas* y otras piezas de utilería. Lo mismo que los muñecos mientras los llevamos a escena. Las fermas son elementos del decorado con formas rígidas que ascienden desde el suelo o desde los fosos hacia las alturas, pasando por las aberturas que atraviesan el piso del escenario. Generalmente representan montañas, el horizonte del mar, malezas, árboles y casi siempre sirven para aforar las intersecciones de los telones, sobre todo las partes bajas, aquellas que quedan a ras del suelo. En el caso de los teatrinos, las *fermas* se colocan a ras de suelo, con varillas o soportes de cemento o metal.

Encima de la boca-escena o embocadura del teatrino se coloca un telar, que puede estar compuesto de una parrilla y varios tiros, sobre ellos se cuelgan otros elementos que se utilicen en el decorado.

54

La parrilla se apoya en los laterales del castillo y también está formada por tiras de madera, también puede ir sujeta con armellas, por donde pasan las cuerdas para soportar el decorado o el telón de fondo. Tiro es el conjunto de varas y cuerdas que sostienen a la parrilla. Las cuerdas tienen en el otro extremo un contrapeso, para evitar el libre juego a lo largo de su extensión y para que algún decorado o elemento escenográfico no vaya a colgarse.

Existe otro elemento que se llama *bambalinón* y que se coloca en la parte superior, siempre al frente y que nos ayuda a cubrir el fondo de telones o escenario colocado en el teatrino. Aparte de estos elementos, quizá sea necesario mencionar al ciclorama, que viene siendo un telón elaborado en lienzo de color azul y que se coloca al fondo del escenario, en este caso del teatrino, para dar la sensación de profundidad en el espacio.

El resto de telones ya no los mencionaremos, pues sólo se utilizan en el teatro profesional bien acondicionados. Sólo agregaremos que en el teatro guiñol existen dos conceptos básicos como solución escenográfica: el bidmensional y el tridimensional. Cuando se trabaja de forma tridimensional se usan algunos elementos corpóreos que pueden construirse de cartón para dar volumen y sensación de peso dichos elementos pueden apoyarse sobre el piso.

Una solución más que debo comentar es aquella que tiene que ver con los castillos divididos en dos partes. Esto les permite armarse más fácilmente, pues tendremos un castillo partido por la mitad. Los manipuladores, entonces, pueden llegar y colocarlo en la parte inferior en el suelo y encima la parte superior del castillo. Dicha posición puede invertirse, pues a veces será necesario dejar la boca del escenario en la parte baja, sobre todo cuando las marionetas se desplazan en el suelo.

55

IV

Los muñecos y las tareas didácticas

Algunas actividades artísticas que se realizan dentro de las aulas escolares son, en muchas ocasiones, los primeros acercamientos que tienen los niños y jóvenes con el proceso artístico o con el arte en general. Esto sucede principalmente con la música y con el canto. Es en la escuela primaria donde se acercan a los primeros instrumentos musicales. A veces se trata de la flauta dulce o de instrumentos de percusión, como el pandero o pandereta y en algunos colegios pueden tocar la guitarra o los teclados. El acercamiento con la danza sólo llega a rudimentarias coreografías de bailes folclóricos. La pintura se conforma con la contemplación de las obras clásicas o al hecho de colorear imágenes. Así que el aspecto artístico está demasiado soslayado en la educación básica. Igual resultado arroja el arte teatral. Sin embargo, son muchos los profesores y educadores que han valorado la aportación del arte al desarrollo infantil y juvenil, por no decir, al pleno desarrollo de la personalidad. Claro que no estamos generalizando, pues gracias al interés familiar, muchos pequeños participan en cursos y talleres artísticos o se inscriben en escuelas de iniciación artística.

El aspecto teatral debe fomentarse desde muy temprana edad, sobre todo por el entrenamiento vocal y oral, que cada uno de los educandos requiere para sus actividades diarias. Los alumnos siempre tendrán la necesidad de exponer o explicar algunos temas ante sus compañeros de clases. Si este fuera uno de los objetivos en sus actividades académicas —fomentar la expresión oral—, creo que los títeres nos serán de gran ayuda, pues los muñecos pueden ser utilizados por los profesores para orientar y presentar los contenidos didácticos. Dadas sus características, no sólo sirven para llamar la

57

atención o para despertar el interés del grupo, hechos importantes en esta etapa de su formación, sino porque en su presentación y elaboración se acumulan y se desarrollan una buena cantidad de habilidades.

El aprovechamiento de los títeres viene emparejado desde que comenzamos a elaborarlos, pues aplicamos y fomentamos habilidades y destrezas manuales, auditivas, verbales y orales. Todas ellas ayudarán, con el paso del tiempo, a que nuestros alumnos se desenvuelvan con mayor seguridad en la vida cotidiana. Nos permitirán una mayor interpelación con los demás, pues un títere no sólo es llamativo o bonito: se convierte en un rasgo de nuestra manera de ser. Si formamos parte de un grupo y trabajamos en la construcción de varios muñecos, ya de antemano estamos fomentando una actividad colectiva y eso nos permite socializar al taller, al salón, a los integrantes de la compañía o a los miembros de la familia que estamos elaborándolos.

El arte siempre tendrá como uno de sus principales efectos, brindar un panorama más amplio de la realidad, aparte de contribuir a una formación integral del ser humano. Cuando trabajamos en el teatro y, dentro de este gran apartado artístico, en el teatro de muñecos, estaremos desarrollando un gran sentido crítico y autocrítico. Si tenemos unos muñecos que dan la cara por nosotros y que nos brindan un gran momento de seguridad, posteriormente podremos explotar otras cualidades y circunstancias.

Las actividades artísticas, además de favorecer una mayor libertad en nuestra expresión, también nos permiten, como alumnos o educandos, desarrollar nuestras capacidades de observación, de análisis y de síntesis, pues en cada etapa estamos apreciando, comprendiendo, trasmitiendo o experimentando una serie de aspectos que requiere nuestra convivencia diaria, sobre todo en el ámbito escolar. Será importante valorar todo lo que implica construir un muñeco. En este proceso, no sólo se aprenden técnicas de elaboración, de montaje o de construcción, pues, además de manipularlo, estaremos poniendo en juego nuestra creatividad; es decir, la imaginación de los pequeños o grandes constructores.

Algunos de estos objetivos aparecen relacionados con aquello que los profesores conocemos como el proceso enseñanza-aprendizaje. Como los muñecos pueden desempeñar funciones didácticas y educativas, además de que apoyan tareas divertidas, creo que valdría la pena exponer algunos comentarios brevemente sobre este fenómeno.

a) El proceso enseñanza-aprendizaje

Desde luego que no podemos entrar en honduras ni en las profundidades que este tema requiere. Sólo me gustaría señalar que, debido a las tareas educativas que intervienen en el proceso enseñanza-aprendizaje, los títeres no pueden quedar de lado en la educación básica. Siempre se requiere un maestro o profesor que dinamice la clase, que utilice una voz adecuada tanto en su timbre y modulación como en volumen. A veces necesitamos un actor en el salón de clases que nos convenza de la importancia de los temas expuestos. Pero, antes de señalar algunas características del profesor o coordinador del proceso enseñanza-aprendizaje, quisiera exteriorizar una opinión sobre el tipo de escuela al que nos enfrentamos los maestros. Aquí plantearemos algunas criticas y opciones ante la situación escolar que prevalece en nuestros días.

Las tendencias de la nueva pedagogía tienden a valorar, entre otras cosas, el presente. Es decir, aparte de la enseñanza de los modelos y contenidos tradicionales, la pedagogía actual entabla un diálogo entre la escuela y la sociedad de nuestros días. Estas tendencias enjuician algo que llamaremos escuela tradicional: aquella que se dedica sólo a la transmisión de conocimientos y a la que mucho se le ha criticado por su ineficacia para realizar con éxito esta transmisión. En muchos casos el aprendizaje se reduce a memorizar fórmulas, a seguir los procedimientos de problemas resueltos, así como a la adquisición de datos y fechas alejados de los alumnos. Esta escuela tradicional establece un divorcio, aunque nunca lo dirá, entre escuela y vida cotidiana. Es decir, aquí tenemos una situación donde la realidad escolar y la realidad vital están tan alejadas y caminan por senderos tan diferentes que el niño aprende a desarrollar comportamientos distintos en ambos ámbitos. De este modelo educativo se adquiere la insana conciencia de que lo aprendido en la escuela no tiene nada que ver para las actividades cotidianas que se realizan en el exterior del aula o en el ámbito extraescolar. Hay otro tercer punto que podríamos mencionar en cuanto a la escuela tradicional. Este se relaciona directamente con el proceso enseñanza-aprendizaje, al grado que parecen ser la misma cosa. Esta tercera característica de la escuela tradicional es un aspecto muy visible de dicha tendencia: el autoritarismo. Aquí encajan todas aquellas escuelas e instituciones que censura el habla espontánea de los educandos, los directivos o profesores que se oponen a los deseos de expresión de los alumnos y que a la larga van produciendo actitudes de sumisión y amaestramiento. El autoritarismo de esta tendencia educativa, habrá que decirlo, inhibe el diálogo y la cooperación, pues sujeta al niño a las actividades y roles escolares ya definidos, sin salirse un ápice del rol o guión propuesto. En este modelo educativo, los alumnos sólo quedarán listos y aptos para sujeciones posteriores.

Por supuesto que, al reunir sensibilidad y valores artísticos, nuestros muñecos están de antemano en contra de estas características y tendencias educativas. Para empezar, los títeres nos brindan un espacio de creación y de expresión. Esto sucede desde el primer momento en que comenzamos a trazar y a dibujar aquello que nos interesa. Más adelante, al llegar a la representación artística de nuestros títeres, el proceso se realiza con sentido crítico y sentido plástico. Al realizar una función, por más pequeña que ésta sea, se estará requiriendo la participación y la colaboración de todos para que el acto llegue a buen término. Cambiar de personajes y darle voz a otros títeres sirve también para emprender el conocimiento de otros roles. Esta movilidad de caracteres nada tiene que ver con la sujeción o determinación social que se les quiere imponer a los niños. De ahí que la enorme libertad que la elaboración de los muñecos nos procura, parece una actividad simple, pero en su esencia no lo es.

Si bien este tipo de escuela tradicional parece ser la imperante, paulatinamente han surgido otras tendencias pedagógicas, pues los nuevos contenidos requieren otras condiciones de aprendizaje. Los títeres pueden ayudarnos a combatir los privilegios del pasado y todo aquello que huela a conservadurismo. Aunque las técnicas de animación y construcción que usamos son antiquísimas, no lo son ni sus contenidos ni sus objetivos. Basta seguir la aparición de los muñecos y la evolución de la sociedad para encontrar como princi-

60

pal característica que la sociedad cambia constantemente y que, si deseamos sobrevivir, debemos hacerlo nosotros mismos.

b) El papel del viejo y del nuevo maestro

Hablemos ahora del papel que juega el viejo maestro y que podría jugar el nuevo maestro. Con este término –maestro– no sólo nos referimos al profesor que se encuentra a cargo de un grupo y que trabaja en un salón de clases. Creo que el papel de maestro podemos realizarlo todos nosotros. Siempre y cuando contemos con la capacidad de enseñar, de trasmitir conocimientos y, finalmente, seamos capaces de coordinar los diversos procesos mediante los cuales se adquieren habilidades, informaciones, nociones o contenidos programáticos. Por eso considero que será un buen maestro aquella persona que, ante el grupo o ante los miembros del taller, demuestre un gran interés por lo que haga. Sólo así se despierta un alto nivel de motivación en los educandos. Esto no está demostrado, pero creo que primero debemos ser nosotros mismos, los maestros, quienes debemos demostrar una gran motivación en lo que hacemos. Ejecutar nuestras tareas como si la armonía del mundo o su existencia dependiera de nuestro trabajo personal ante el grupo de educandos.

En el caso de nuestros títeres, podríamos conseguir varios objetivos durante el proceso. Pensemos, en primer lugar, que los muñecos y sus manipuladores ya han dado una función. El siguiente punto que debemos abordar depende del maestro, pues, concluida la práctica, el maestro tendrá que discutir el espectáculo o, cuando menos, tendrá que describirlo. Luego pasaríamos a otro nivel. Además de discutirlo y describirlo, podemos transformarlo y así contaremos con algo creado por nosotros mismos. Además de la satisfacción de mostrar una criatura personal, el títere, y de la posibilidad de animarlo según nuestros intereses, también podemos utilizar otros elementos, pero ampliar o modificar su contenido.

Aquí será importante el estímulo que brindemos o que recibamos durante las primeras actividades del taller de títeres. Tampoco debemos olvidar la motivación durante o después de cada función. Siempre será grato escuchar palabras de confianza y de estímulo

61

en cada una de nuestras tareas. El entusiasmo se construye y se refuerza con la intervención de todos los implicados en la actividad artística y en las clases de un salón escolar. En otros casos, sólo basta un alumno mal encarado para ennegrecer el ambiente del salón. Alguna ocurrencia que lastime el estado de ánimo basta para que la gracia y para que los aportes de los demás se trunquen. Por el contrario, una risa y el interés de los compañeros pueden transmitir alegría y entusiasmo a nuestras labores.

Seremos, entonces, coordinadores de los objetivos encargados a un grupo y trataremos de orientar las actividades del mismo. Esto sin olvidar que cada uno de los alumnos tiene necesidades y requerimientos diferentes. Por lo mismo, buscaremos en todo momento concienciar el grado o el objeto del aprendizaje. Estamos obligados a resolver las dudas que tengan los alumnos y que, al ser planteadas, pueden ser respondidas gracias a nuestra experiencia, a la información que tengamos a la mano, con los antecedentes de otras fuentes u otros procesos. Por supuesto que habrá que dejar un espacio para inmiscuir al resto del grupo y entonces podemos proponer soluciones entre todos y alcanzar nuevamente otros objetivos.

c) La función de la nueva escuela

No caeremos en una crítica estéril al viejo modelo de escuela que hemos denominado tradicional. Resulta muy cierto que este modelo es criticable porque sólo transmite conocimientos. Pero, si abundamos un poco, lo criticable es que estos conocimientos se deriven de manera exclusiva del maestro y de los llamados libros de texto. Criticamos, en resumen, la visión única sobre los hechos y contenidos. Si buscamos, entonces, en el entorno que nos rodea, así como otras fuentes, más allá de los libros de texto que refuercen lo visto en la escuela, estaremos saliendo del modelo pedagógico tradicional. Además de variar y aumentar las fuentes, podemos enjuiciar y criticar lo recién adquirido; todo con tal de no caer en una función pasiva, donde sólo estemos registrando datos y nuevas fechas.

La escuela tradicional nos impone una disciplina, tanto en las tareas intelectuales, como en aquellas de carácter manual o social: puntualidad, uniforme, respeto y muchas otras. Por principio de

62

cuentas, no tendremos que rehusar a ellas, porque cualquier actividad humana requiere disciplina. Pero, en este caso, digamos que la disciplina no tiene que ver con la visión unilateral del maestro, del prefecto, del director o del supervisor. Será más conveniente una disciplina compartida por todos los miembros del grupo, de la clase o por los integrantes del taller. Las características de esta nueva disciplina emanarán a su vez del interés sobre el trabajo que se nos presente y, sobre todo, de la utilidad y de la practicidad del objetivo propuesto. Con este nuevo convenio de trabajo, estaremos resaltando las implicaciones sociales y cotidianas que las tareas asignadas contengan.

Si aceptamos una disciplina por consenso, arribaremos fácilmente a nuestros objetivos sin regaños, sin reportes, sin agresiones ni lesiones de ningún tipo. Trabajar a favor de la imaginación es evitar paulatinamente cualquier tipo de coerción. Sólo se puede crear en un nicho de libertad.

Adiós a los viejos exámenes y a las pruebas escritas y aburridas. Mucho de eso sucedía en la escuela tradicional, donde realizábamos exámenes para demostrar si habíamos captado y memorizado los conocimientos que los maestros nos habían transmitido. Las pruebas eran un control para confirmar la repetición exacta de lo aprendido, pura ejercitación de la memoria sobre las líneas del texto único o sobre los apuntes del profesor encargado de la materia.

Ahora, el conocimiento se adquiere tanto por una transmisión dinámica como por nuestra propia participación en la investigación y en el análisis del proceso realizado en el grupo o en las clases. Esto nos permite comprobar si hemos captado, comprendido, asimilando los contenidos de estudio. Al expresarlo de manera oral y crítica, estaremos haciendo uso también de nuestra capacidad de expresión y comunicación.

En el modelo de antaño, el orden del grupo ante el salón de clases era rígido. Ahora, sin proponer una situación provocadora ni incitar al desorden, se debe permitir una interacción, así como el trabajo en grupos o en equipos. Se debe fomentar la discusión donde todos puedan verse cara a cara. Nuestros muñecos, de manera sencilla, pueden permitir esta nueva situación. Detrás de una cortina, de un escritorio, de una ventana o de cualquier otro escenario, es-

63

taremos emitiendo nuestra voz y en medio de grandes discusiones. El público no podrá ver nuestras caras ni el resto de nuestro cuerpo, pero como nuestras manos y nuestras mentes estarán animando a los títeres, todos comprenderán que ellos se expresan por nosotros.

Entonces tendremos una nueva escuela. Una nueva forma de enseñar y de aprender, con muñecos o sin ellos. La escuela será de gran utilidad, porque nos permitirá interactuar entre nosotros mismos, entre diferentes grados escolares y tipos de alumnos, entre los maestros y los alumnos. Estaremos abiertos a percibir y a salir hacia la realidad extraescolar con nuevos elementos, gracias a que no estará parcializado ese nuevo conocimiento.

Los muñecos podrán ayudarnos en estas tareas, pues los creadores de títeres serán niños o personas que no estén inhibidos. Sus capacidades creadoras no estarán sujetas a reglas preestablecidas ni a dogmas que impidan la capacidad de explorar, de investigar y de dialogar con sus semejantes y, sobre todo, con aquellos que les resulten diferentes. Esta forma nos parece la más conveniente para que el hombre pueda subsistir y también avanzar en todos los sentidos de su humanidad.

Será posible, entonces, que una actividad artística, como es la creación y representación de títeres, nos ayuden a conectarnos con la realidad de nuestra colonia, de nuestro pueblo y del país. Para pintar y modelar seguramente se requiere ejercer la crítica y desarrollar el sentido de observación. Si aplicamos los títeres a las tareas escolares, será posible extendernos más allá del colegio o del plantel, pues la cultura busca de manera permanente otras fuentes para su prolongación. Seremos alumnos educados en el respeto a los demás, disfrutaremos una sana convivencia y sin perder la disciplina, gozaremos de una libertad en nuestras acciones, que nos permitirá formarnos constantemente. Es decir, estaremos cumpliendo el nuevo fin de la pedagogía: no sólo llegaremos a saber, llegaremos a ser. Seremos nosotros mismos gracias a unos simples muñecos conocidos popularmente como títeres.

64

V

Técnicas para la construcción de muñecos

1. Técnicas para la elaboración de muñecos

Muñeco guignol o guiñol, como hemos venido escribiendo, es uno de los títeres que constan de una cabeza completa, manos, brazos y cuerpo. Dependiendo de las necesidades del director o del mismo manipulador, se le pueden agregar piernas, mismas que se dejan colgando y adquieren cierta viveza al manipular el resto del cuerpo. Lo importante de esta figura es su cuerpo y esto no es otra cosa más que un guante en el cual introducimos la mano y le transmitimos vida con nuestra animación.

¿Cómo acercarnos a estas técnicas intentando construir o realizar un muñeco guiñol o nuestro títere de guante? Antes de pasar a describir los procedimientos, tendremos que recordar que para elaborar estas figuras artísticas vamos a requerir de tres elementos indispensables: gracia, fantasía y creatividad. No son artículos que se puedan adquirir en ningún almacén, pero sí los podemos identificar cuando aparecen en nuestro ambiente o en nuestro grupo. Es fácil hallarlas, porque casi siempre el aplauso las ubica, la admiración de los demás por nuestro trabajo nos permite entrever que hemos impreso esas tres cualidades a nuestros muñecos.

Al utilizar las técnicas que mencionaremos a continuación, debemos tener en cuenta que haremos muchas otras cosas al mismo tiempo. En muchas de ellas ni siquiera estaremos conscientes de que las ejecutamos. Sin embargo, hay que estar preparados para dibujar o copiar, hay que ir pintando unos croquis o unas imágenes. Hay que ir cortando trozos de papel y recortando a detalle algunos pequeños elementos. Habrá que romper o rasgar algunas telas y cartones. Habrá que untar de pegamento o de engrudo nuestros materiales. A todas estas actividades que nos permiten construir un muñeco se les llama creatividad y esa, digan lo que digan, nos sobra a todos.

Dependiendo del interés personal, podemos escoger alguno o varios tipos de muñecos, afortunadamente en esta tradición hay mucho de dónde escoger y, si no, hasta podríamos inventarlo o mezclar algunas de estas técnicas. Pero, primero observemos la siguiente tabla para saber si contamos con algunos de estos materiales y herramientas, pues serán necesarios al realizar alguna técnica.

Técnica de realización	Materiales y herramientas necesarias
Modelado directo	Cajas, periódicos, globos, cilindros, frascos, botellas, pelotas, plastilina, cartón, etcétera.
Modelado con molde	Moldes de láminas, de plástico, plastilina, barro, yeso, cajas de fraguado, vaselina, etcétera.
Forma de madera	Perillas, maderas torneadas, madera plana, trozos de madera de diversas calidades y cualidades; madera blanda, madera dura, jabón, etcétera.
Formas esféricas	Pelotas de goma, pelotas de plástico, bolas de unicel, globos, pelotas de pimpón, canicas, balines, etcétera.

Formas diversas	Bolsas de papel de estraza, trozos de paño, trozos de franela o fieltro, trozos de vinilo, tecomate o hule, vasos y platos de plástico, tapaderas, cucharas, etcétera.
Frutas y verduras	Zanahorias, lechuga, apio, plátano, papa, apio, uvas, cilantro, perejil, jitomate, pepino, piña, sandía, mangos, naranja, jícama, etcétera.
Material de desecho	Corcho, medias y calcetines, toallas, trapos, taparroscas, esponja, hule espuma, botones, botes y envases tetra-pack, envases, cables, tornillos, tuercas, clavos, discos y casetes, cajas de plástico, estuches, etcétera.
De resorte y varillas	Resortes, cables, tornillos, tuercas, tubos metálicos y plásticos, PVC, soldadura, empaques, etcétera.
Tallado	Madera plana, trozos de madera de diversas calidades y cualidades; madera blanda, madera dura, jabón, etcétera.
Títeres de nuestro cuerpo	Nuestras manos y pies, principalmente, sin faltar el maquillaje o las pinturas para dibujar y colorear.

67

Las herramientas necesarias para nuestro taller de elaboración de muñecos son comunes y se utilizan en los diversos procedimientos; incluyen tijeras, pinzas, resistol, goma, hilo, aguja, cierres, martillo, cúter o navaja, serrucho, prensa y algunos otros utencilios que podemos improvisar.

a) Elaborando el cuerpo del muñeco
El cuerpo del personaje determina el carácter y la trayectoria que el muñeco tendrá durante la historia y durante el montaje. Por eso abundan los diferentes tamaños de títeres; los hay diminutos, unos son pequeños, existen los medianos y otros que son enormes. Esto se decide según la intención de la obra y del espectáculo que estamos proponiendo. En el caso del muñeco de guante, la primera técnica de elaboración que veremos, es importante recordar que el cuerpo será también su vestuario y por eso habrá que pensar también en su forma, su tamaño y en los colores que le demos al personaje. El cuerpo más sencillo es, entonces, el de guante o de funda.

Se coloca nuestra mano, la del manipulador, sobre un pedazo de tela, para ir tomando medida y ver qué altura le dejamos al traje del muñeco (podría ser una tela de 50 x 50 centímetros, dependiendo de nuestros propios brazos). Adoptamos la posición de manipulación y comenzaremos a señalar en qué parte quedará el cuello (nuestro dedo índice), mientras que los brazos serán nuestros dedos pulgar y meñique. Entonces, nos envolvemos la tela y marcamos las partes del muñeco; el cuello y los brazos con una liga, sobre nuestros dedos. Luego, sólo se montará una cabeza previamente realizada y ya tendríamos una figura para comenzar la representación.

Pero también podemos elaborar una funda para nuestro muñeco. Esta forma también debe tener en cuenta el tamaño de la mano de la persona que manejará el títere. Se coloca la mano del manipulador sobre la tela y se marca un trazo sobre el contorno de nuestra mano, señalando con mucha claridad el sitio de los brazos del muñeco y del cuello. Por supuesto que este trazo no debe hacerse pegado a nuestra mano; debemos dejar cierto

68

espacio u holgura para que la funda no quede ajustada al momento de la costura. Después el patrón de nuestro títere se recorta cuidadosamente con unas tijeras. Luego se coserá dejando abierta la zona del cuello, lo mismo que la correspondiente a los brazos, para unir posteriormente las manos que habremos de ponerle a nuestro títere.

b) Elaborando las manos del muñeco

Para obtener un par de manos para nuestros muñecos hay diversas técnicas, mismas que varían tanto por el uso de materiales utilizados, como por sus formas. Dentro de esta variedad, lo importante es encontrar aquellas que vayan de acuerdo con el estilo y tamaño del títere. En muchos casos, podemos elaborar las manos al mismo tiempo que el resto del cuerpo. Así nos ahorramos tiempo y esfuerzo, sobre todo si trabajamos con niños pequeños o con escasa habilidad al momento de cortar o coser. Así que podemos elaborarlas con la misma tela del vestuario o de la funda del muñeco. Pero, si nuestras habilidades nos permiten elaborarlas por separado, intentemos los siguientes modelos de manos.

1. Las manos más simples pueden ser hechas de papel maché. Se requiere precisamente un molde de cartón o de plastilina, que nosotros mismos podemos elaborar, pues la forma de la mano es casi media luna. Con papel periódico mojado en engrudo o en resistol, cubriremos el molde varias veces hasta lograr la consistencia adecuada y posteriormente las dejaremos secarse. Finalmente se unirán a los brazos del muñeco.

69

2. Unas manos con mayor grado de elaboración son aquellas que van hasta la muñeca del brazo. Estos modelos podemos elaborarlas con otro material. Podríamos marcar o señalar ahora el dedo anular. Para este modelo de mano se utiliza fieltro y el dedo se marca con una costura o se recorta la forma. Puede rellenarse el interior o simplemente se le pone una base de cartón para que tenga cierta dureza y consistencia. Puede ir pegada solamente con resistol blanco o amarillo. Por qué se recomienda la costura, porque esta unión nos permite trabajar con mayor resistencia y su duración es mayor.

3. Se puede utilizar una combinación de tela, el mismo fieltro, y una parte de cartón. El cartón se enrolla, justo a la medida de los dedos del manipulador. Este rollo se incrusta en la manopla de fieltro. Se recomienda que se pegue o se cosa, para evitar desprendimientos, en plena acción. La manopla puede seguir conservando un dedo libre, para darle mayor realismo a las manos del muñeco.

4. Utilicemos el procedimiento anterior; un rollo de cartón unido a la manopla con resistencia y a la medida del dedo del manipulador. Pero ahora la manopla llevará una definición completa de los cinco dedos del títere. Los huecos de los dedos pueden rellenarse de algodón, lo que le daría una consistencia y una textura agradable, pues puede darse el caso de que las manos del muñeco lleguen a acariciar al espectador.

5. También podemos hacer manos rústicas de otros materiales. Por ejemplo, podemos recortar sobre cartón grueso la mano bien definida. Luego, podríamos utilizar cartulina y pegamento y, después de unir varias capas, la mano adquiere el grosor deseado.

Por supuesto que hasta nuestras propias manos pueden servir de modelo al dibujarlas sobre el papel. Pero siempre habrá que construirlas en proporción al tamaño del muñeco. Al unirlas al cuerpo, podemos utilizar hilo y aguja, además de resistol. De antemano se recomienda que el fieltro de estas manos sea de color rosa, para no tener que pintarlas, como sí lo haremos en manos elaboradas de cartulina o cartón.

70

c) Elaborando la cabeza del muñeco

La tercera parte de nuestro muñeco será la elaboración de una cabeza; una de las técnicas más sencillas y prácticas de construirla es trabajando con una bola de unicel. En cualquier papelería podemos comprarlas y nuestra tarea se facilita porque hay bolas de unicel de diferentes medidas (las venden por número) y sus precios son muy accesibles. El tamaño lo decidimos nosotros mismos, dependiendo de la proporción del muñeco que estemos elaborando.

A la bola de unicel se le coloca de antemano el cuello, que puede ser un rollo de cartulina reforzada o de simple cartón, siempre y cuando el cilindro tenga la medida de nuestros dedos, a veces introducimos más de un dedo en lo que será su cuello. Para esto se en-

71

tresaca un poco de unicel al centro de la esfera y se le impregna bien de resistol o pegamento para evitar desprendimientos involuntarios. Para darle mayor resistencia y solidez a la cabeza de nuestro muñeco podemos cubrirla con una o dos capas de papel mojado en engrudo o en resistol. Se recubre desde el cuello hasta la esfera para que la cabeza quede de una sola pieza. Finalmente podemos recubrirla con pintura. En esta misma parte del proceso, mientras estemos cubriendo de papel la bola de unicel, podemos ir dando realce a los detalles del rostro; esto se logra con papel y engrudo. Con estos relieves se señala la forma de los ojos, de la nariz y de la boca, principalmente. Estos abultamientos se dejan secar un par de horas al sol y luego se puede proseguir con su elaboración

El terminado puede hacerse con pintura vinílica de diversos colores; negro para el cabello o rosa para el rostro. En ocasiones podemos utilizar otros materiales, como botones de colores para los ojos, pedazos de tela o estambre para el cabello. También podemos comprar ojos ya hechos en la papelería o adaptarlos con distintas semillas; en fin, podemos utilizar otros detalles que surjan de nuestra imaginación para delinear un rostro.

Ahora sólo tenemos que unir esta cabeza al cuerpo y colocarle también sus manos. Así tendremos por fin a nuestro primer muñeco. Lo que hemos hecho en esta primera parte, la elaboración de la cabeza, también se usa en la construcción del títere de bola de unicel. Y no debemos olvidar que muchas veces la cabeza es todo el muñeco y que nuestro brazo le da cuerpo a la figura teatral.

d) Los títeres y la técnica de modelado directo

Esta técnica consiste en pegar varias capas de pedacitos de papel alrededor de un núcleo de papel periódico, este núcleo debe estar fijo al tubo que hará las veces del cuello. Para modelar las facciones se van agregando pedacitos de papel humedecidos en engrudo o resistol (técnica del pastillaje). La belleza de esta técnica es que las superficies serán muy irregulares, algo rugosas y cuando elaboramos una cara, ésta tendrá algunas facciones grotescas, pero dicha singularidad le dará mayor fuerza expresiva al modelo obtenido.

72

El procedimiento del modelado directo es el siguiente:

1. Tendremos que cortar un rectángulo de cartón de 10 x 15 centímetros para el cuello y las manos; el cuello puede ser tan largo o tan corto como nosotros queramos o según el diseño del muñeco.
2. Luego tendremos que colocarlo sobre una base de madera con un barrote o cualquier otro objeto que le pueda servir de base.
3. A continuación haremos una bola o bolsa con varios pliegos de papel periódico y, sin apretarla mucho, la colocaremos sobre la base. Para lograr una mayor firmeza, podemos sujetarla con hilo en la punta del tubo o del barrote.
4. Con un rectángulo de la cartulina o del mismo

73

papel periódico, iremos cubriendo la bola o la bolsa, pegando perfectamente las puntas sobre el rollo de hojas. Debemos utilizar suficiente engrudo para que ninguna punta quede suelta.

5. Después tendremos que fijar la bola y el cuello pegando alrededor de éste una tira de papel o varias de ellas para, posteriormente, dejarla secar.

6. Enseguida cortaremos unas tiras delgadas de papel, después de engrudarlas perfectamente bien, pasaremos a cubrir toda la superficie para que, finalmente, pueda trabajarse sobre esa estructura, la figura deseada.

7. Hay algunos accesorios fáciles de realizar: para construir la boca, la nariz, las orejas y demás. Se puede utilizar el mismo papel mojado de engrudo, según el boceto que hayamos trazado o según la inspiración de ese momento. A continuación, tendremos que agregar una base de pintura o cubierta a todo el modelado directo. Por último, tendremos que pintar aquellos rasgos del rostro que necesitemos resaltar.

e) Los títeres y la técnica de molde o indirecto

Esta técnica consiste en modelar en plastilina nuestro personaje, no sólo la cabeza, como hemos visto anteriormente. Dicha figura servirá para construir un molde, artefacto hueco, y puede construirse primero una mitad y luego la otra. Ya terminado el molde, éste se engrasa con vaselina, crema o aceite; enseguida se prepara la mezcla de yeso y, después de vaciarse sobre el molde, se deja fraguar.

Cuando nuestra figura de yeso se haya secado, se vuelve a engrasar y se recubre con papel delgado, aquí utilizaremos papel estraza o china. Enseguida, utilizamos tiritas de papel perfectamente bien engrudadas y comenzamos a cubrirla. Al secarse esta nueva cubierta, habrá que separar la figura de yeso, misma que podemos utilizar para elaborar otros muñecos, cortando la figura con una navaja o cúter por la mitad. Finalmente se unen las dos partes y se les agrega la base uniforme de resistol y posteriormente se pintará para que su consistencia sea la adecuada.

74

f) Los títeres y las técnicas de tallado

Esta técnica se realiza sobre diferentes materiales, pero el más sencillo de trabajar es una pastilla de jabón. Lo mismo podemos hacer sobre las formas esféricas, como las bolas de unicel, algún trozo de madera o algún otro material.

Con la pastilla de jabón apoyada en alguna superficie resistente, con una navaja podemos comenzar a retirar el material que nos estorbe para ir revelando el rostro o la figura que deseamos. El entresacado se puede realizar con una cuchara, con un gancho o alguna otra herramienta. Esta forma de tallar nos brindará, casi siempre, un modelo de figura pequeño; por ejemplo, podría ser una cabeza o algunas otras partes del cuerpo del muñeco. Cuando se ha tallado el jabón hasta darle la forma que deseamos se le introduce en la base una varilla de metal o de madera para sostenerla. A continuación se procede a tapizarla con las tiritas de papel mojadas en engrudo o resistol, tratando de que el jabón se pierda. Aunque también podría ser una buena experiencia tener un muñeco con el color de las pastillas que compramos en las tiendas

75

jabón

y que sirven para lavar ropa; hay diversas marcas y colores, mismos que nosotros podemos emplear para realizar un trabajo artístico.

Si ejecutamos nuestro tallado sobre una bola de unicel, la elaboración se simplifica, pues con una navaja o cúter se puede ir recortando aquello que nos estorbe para delinear el rostro o la expresión que deseamos. Algunos cambios en esta superficie pueden obtenerse presionando o aplanando la esfera contra superficies duras o metálicas. También podemos utilizar otras herramientas como pinzas de presión o golpearlas con un martillo. De cualquier manera, cuando la esfera de unicel tenga una forma aproximada a lo que necesitamos, será necesario empapelarla con tiras delgadas de papel periódico, a veces cruzando las tiras en las capas siguientes para que, cuando el engrudo se seque, tenga una mayor consistencia.

De igual forma podemos agregar los detalles del rostro, como nariz, orejas y boca, con pedacitos de papel humedecido en engrudo o señalarlos con algún otro tipo de material como migajón o algodón. Cuando ya esté seco, se le puede agregar la famosa base, una cubierta de resistol uniforme sobre la figura.

Después de esto sólo nos queda comenzar a pintar y tratar de darle el acabado a nuestro personaje, utilizando diversos colores y materiales.

76

2. Elaborando nuestros propios muñecos

A estas alturas del libro, nuestro conocimiento sobre el armado de muñecos está bastante avanzado. Ya estamos empapados de engrudo, tenemos las manos negras o de cualquier otro color por los materiales que hemos manipulado, cortado, humedecido, pegado o cosido. Así que, con un poco de paciencia, tomemos el papel de constructores y saquemos de nuestra imaginación aquellos muñecos que hemos visto colgados de unos hilos en el mercado. Estos seres diminutos que han surcado nuestros sueños o algunos seres fantásticos, nos ayudarán en el salón de clase o serán aplaudidos en la próxima fiesta. Otra vez, pongamos manos a la obra y empecemos a construir los títeres más sencillos, para posteriormente fabricar los muñecos más elaborados.

a) El títere plano sencillo y otro más elaborado

Los títeres planos son los más sencillos de elaborar. Podemos inventar la imagen o la figura, también podemos copiarla o recortarla de algún otro lugar. Son, sin lugar a dudas, los primeros muñecos que utilizan los niños en sus representaciones. Cuando la figura está recortada, puede pegarse a una cartulina; si la página del dibujo es delgada puede adherirse a un cartón más grueso. Esta figura se coloca a una varilla al centro del muñeco. La parte posterior, para no interferir con el frente del muñeco, podemos colocarle encima tiras de papel y dejar que se endurezcan con engrudo para sostenerla y levantarla al momento de la representación.

En este modelo de títere tenemos dos técnicas. Por un lado podemos elaborar al animal, a la persona o cualquier otra cosa, diga-

77

mos un árbol, gracias a dibujos previamente trazados. Estos dibujos serán iluminados con diversos colores o podemos adornar con chaquira, confeti o diamantina cada una de sus partes. Posteriormente se sujeta la figura a una varilla y quedan listos para utilizarlos de inmediato en la función. Estas figuras forman un títere plano muy simple, pues la figura es un cuerpo y no muestra ninguna articulación.

Esto nos permite hablar de otro títere plano más elaborado. Éste tendrá movimiento en sus articulaciones. Para su construcción se utiliza el mismo procedimiento: dibujaremos las partes de la figura, pero ahora procuraremos que sus componentes más importantes queden separados, sobre todo al momento de cortarlas. Posteriormente podremos unirlas usando broches, remaches, costura de hilos o por medio de elásticos. De esta forma podemos unir la cabeza, las piernas y los brazos al resto del cuerpo y finalmente tendremos una figura articulada. Esta misma técnica de títere plano puede ayudarnos a crear los elementos de la escenografía, aquellos accesorios que colocaríamos en nuestro teatrino, ya sea que vayan colgadas en la parrilla o colocadas sobre el suelo, como las fermas o postes que utilizamos como decorado en nuestro escenario.

b) Los títeres de frutas y verduras

Esta técnica de muñecos tiene una desventaja que podemos convertir en ventaja dentro del taller o del salón donde elaboremos a nuestros muñecos. La desventaja es que, al ser construidos con frutas y verduras, su duración es momentánea, sólo nos servirán para la función que hayamos realizado ese mismo día.

Al momento de construirlos habrá que utilizar el mismo proceso para nuestro mayor disfrute y aprendizaje. Cada uno de los integrantes del taller puede llevar algún tipo de verduras y de

78

frutas al salón. Las pondremos en un lugar visible, ya sea en una mesa, un escritorio o en cualquier otra parte. Lo importante será que cada uno de nosotros, a partir de la fruta o verdura que hayamos llevado, seamos capaces de dictar una pequeña conferencia sobre nuestra pieza. Además de identificarlas (señalando color, forma, sabor, origen, temporada de cosecha y demás) pode-

mos analizarlas desde el punto de vista dietético. Todo esto con la finalidad de que los demás conozcan qué tipo de vitaminas o proteínas contienen y comprendan en qué ayudan a la alimentación del hombre, sin olvidar señalamientos sobre los malestares o las enfermedades que combaten.

Este conocimiento, que adquirimos al identificar las verduras y las frutas con las cuales trabajaremos, puede ampliarse al identificar sus características; ¿cuáles con leguminosas, farináceos o cítricas? Podemos señalar también a qué parte de la planta corresponde cada una de ellas, pues todas tienen orígenes distintos. Unas proceden de las raíces (zanahoria, papas, camotes, jícamas), otras corresponden a las hojas como las espinacas, las acelgas, las lechugas. Se trata de profundizar nuestro recorrido sobre esos productos que nos alimentan y que además nos ayudarán a crear diversas figuras teatrales para nuestras representaciones.

Los títeres de frutas y verduras se crean tallando y entresacando partes de su corpulencia; para esto necesitamos un cuchillo, una cuchara, un pelapapas, un rallador y cualquier otra cosa que nos permita transformar una simple forma de la naturaleza en algo animado. Dichas herramientas casi siempre las encontraremos en los mismos utensilios de la cocina. Cortando, entresacando o incrustando formaremos ojos, boca, orejas y cabello. También podríamos mezclar algunas frutas para crear otros personajes, poner ojos de uva a un pepino, colocar orejas a un melón con dos rodajas de pepino, poner un par de colmillos con un trozo de jícama en una cara roja, pues una rodaja de sandía puede ser el personaje infernal que estamos creando. Existe un número infinito de combinaciones.

79

Claro que no debemos de perder de vista que estos títeres tienen una vida muy corta. Por su duración tienen una existencia efímera y en cuanto termina la función les llega la muerte. Y esto que puede verse como una desventaja, también es su ventaja, porque podemos estudiar y aprender en vivo y en directo, así como construir muñecos con las frutas y verduras, pero también podemos comérnoslas acabada la función. Así que buen provecho y mucha diversión con estos títeres.

Aparte de estas sugerencias, si revisas el capítulo séptimo, encontrarás un pequeño repertorio teatral. Ahí verás que escribí una historia que surgió gracias a las frutas y verduras que un día encontré en la cocina de mi casa. Por último déjame decirte que las diversas frutas y verduras se pueden unir con palillos, artículos de mesa infaltables también, y podemos sostenerlas en tenedores para que pasen del escenario a nuestra boca. Estos títeres tan sencillos, además de despertar nuestra imaginación, también sirven para despertar nuestro apetito.

c) Los títeres de formas hechas

En este caso el punto de partida es nuestra imaginación y, por supuesto, nuestra necesidad de crear con los primeros elementos y objetos que tengamos a la mano. Ahora ya sabemos que es posible elaborar muñecos utilizando los materiales más diversos, desde botellas de plástico, un matamoscas, una maceta, una serie de cucharas o el mismo plumero. Incluso aquellos zapatos viejos que ya tienen una personalidad muy definida, pueden revelarnos sorprendentes personajes, para posteriormente llevarlos a escena. Será cuestión de intentarlo y quedaremos sorprendidos al ver cómo se utilizan dos o tres utensilios diferentes para crear un ser nuevo y sorprendente.

¿Has visto alguna cuchara o tenedor torcido o un plato o vaso de plástico medio achicharrado en el lavatrastes? Utiliza estas deformidades para dotarlos de un nuevo sentido y saldremos siempre sorprendidos del lugar en donde estemos regando nuestra imaginación.

80

d) Los títeres de medias, calcetas o calcetines

Como su nombre lo indica, esta técnica consiste en utilizar una media, calceta o calcetín que, después de ser rellenada en su interior con algodón o esponja, nos permitirá diseñar un personaje. Ya sea que introduzcamos nuestra mano para manipularlos, o que llenemos todo el cuerpo de algodón y que sostengamos su cuerpo con una serie de varillas al momento de la representación. La ventaja de esta técnica es que todo el material que necesitamos es muy fácil de conseguir. Este títere nos permite, al momento de elaborarlo, desarrollar nuestras destrezas manuales, pues durante su construcción tendremos que coser, así como cortar y sujetar y moldear todo aquello que habrá de darle forma al muñeco.

81

Los rasgos sobresalientes del títere se pueden agregar utilizando otros tipos de tela y de diversos colores. Podemos usar ojos ya elaborados, pues se consiguen varios modelos de expresión y tamaño en las papelerías. A veces bastan unos simples botones o basta sugerirlos con pintura. En el caso de que nuestro muñeco requiera pelo o cabellos, éstos se le pueden incrustar o coser con estambre. También se les puede pegar algún tipo de fieltro o algún fragmento de estropajo o las sencillas tiras de papel cortado. Por supuesto, podemos hacer un muñeco de media muy elegante y procurar que sus detalles estén hechos de piel, de aluminio o cualquier otra cosa que lo torne interesante y llamativo. La única recomendación es que cada detalle de su elaboración surja de nuestra propia inventiva, que nadie nos diga qué ponerle. Sólo podemos aceptar orientación en el proceso de elaboración; el acabado final siempre debe correr por nuestra cuenta.

e) Los títeres de guaje

El guaje es una forma leguminosa que aún en nuestros días se usa para llenar de agua y trasladarla de forma fresca y segura. A veces el guaje se puede partir en dos porciones y entonces se hace una jícara o vasija natural para verter o beber los líquidos. En los mercados también podemos conseguir los guajes y utilizarlos para crear nuestros muñecos. Para esto será necesario extraerles las semillas del interior o incluso dejárselas para que tengan un sonido peculiar. Lo interesante de este material es que los guajes toman por naturaleza unas formas muy caprichosas y, si observamos con atención, éstas nos dejan el camino libre para modelar a nuestros títeres.

Estas formas de los guajes pueden utilizarse tal y como las compremos. Sólo que, como tienen una superficie liza, será conveniente darle una lijada o una cepillada. En otros casos, podemos darle tres o cuatro capas de papel maché y, finalmente, cuando su superficie sea otra, podemos pintarla. No es recomendable que el color le sea aplicado de manera directa, salvo alguna pintura de esmalte o de aceite, porque se le desprende con facilidad o se co-

82

mienza a descarapelar con el sol y debido a la natural resequedad que sufren los productos orgánicos.

Para elaborar el cuello podemos utilizar el tubo de papel higiénico o bien fabricar un cilindro de cartulina a la medida de nuestros dedos. Luego, podemos perforar el guaje o bien colocárselo por encima, uniendo las piezas con una capa de papel maché y engrudo o resistol (la técnica de pastillaje que vimos en el proceso del modelado directo). Cuando el acabado esté terminado, siempre será necesario pintarlo utilizando pinceles y pintura vinílica, solución agua, pues sus colores son demasiado alegres. Ya sólo resta ponerle un traje o vestuario con el cuerpo que hayamos elegido con anterioridad.

f) Los títeres de hilos o marionetas

Los muñecos de hilos también se conocen como marionetas. Aparecieron, según hemos visto, desde tiempos remotos, así que son títeres muy antiguos. El muñeco de hilos se hace de madera, barro o arcilla o cualquier otro material que podamos imaginar. El modelo más simple tiene la cabeza unida al tronco. Posee, además, brazos y piernas. También tenemos algunos casos más sofisticados, ya que puede haber marionetas con flexiones y articulaciones en codos y rodillas. A veces estas partes corporales se pegan al tronco por medio de telas o elásticos, o por medio de hilos que les permiten una gran libertad de movimiento.

Los muñecos articulados pueden tener todos los movimientos que se quieran, depende de la complejidad de las articulaciones. Para lograr una mayor expresión, se pueden seccionar los brazos, las piernas y, hasta la cadera puede tener movimiento hacia adelante o atrás y, dependiendo de los hilos, hacia los lados.

Cuando el muñeco ya está elaborado, cada miembro de cuerpo que queramos accionar se unirá por medio de hilos a una cruceta, también llamada control. La cruceta tiene uno o dos palitos transversales; unos hilos se fijan a la cabeza del muñeco y éstos van a dar cruce de los palitos del control; la espalda se une por un hilo atado debajo de la cintura y se puede colocar en la punta del palito central. En el caso de las piernas, es decir, de las dos extremidades, los hilos se amarran a la altura de las rodillas y se sujetan también

83

a los extremos de un palito transversal. Para manipular los brazos, los hilos se fijarán en los codos y se sujetarán a los extremos del segundo palito transversal de la cruceta.

El otro palito independiente puede servir para atar los hombros con dos hilos, los cuales pueden pasar también por las orejas, dándole al muñeco un movimiento giratorio. Antes de presentar el muñeco de hilos al público, conviene trabajar algunos movimientos y acciones delante de nuestros compañeros, para conocer sus habilidades de expresión. También podemos ejercitarnos frente a un espejo, si trabajamos en nuestra casa.

g) Los títeres de ventriloquia

Sabemos que los dioses griegos movían los ojos y la cabeza y no es difícil imaginar que, con el afán de reforzar la fe en sus divinidades, algún sacerdote o cualquier otra gente utilizara el arte de la ventriloquia para que sus feligreses creyeran que sus dioses hablaban y dictaban algunas sentencias. De cualquier manera quedará en el territorio desconocido el origen de la ventriloquia, es decir, el arte de hablar con el estómago y donde los labios y la expresión de los músculos faciales del actor o ventrílocuo quedan ocultos. Esta técnica permite crear la ilusión de que los muñecos interactúan o dialogan con sus manipuladores. La ventriloquia es una cualidad que muy pocos poseen, aunque se puede trabajar y desarrollar.

Para elaborar un muñeco de ventrílocuo, se pueden utilizar diversos materiales: cartón, papel maché, cajas de zapatos, moldes de yeso, madera y cualquier otro material que nuestra imaginación y creatividad considere útil. Toda la magia de estos muñecos está en la cabeza. Esta pieza debe ser hueca y dividirse en dos partes; el "busilis" debe elaborarse por separado para poder poner fácilmente los resortes. Ésta debe ser grande y ancha para que al hablar el muñeco, se aprecien otros movimientos.

Otro sistema consiste en un alambre fuerte y macizo que, doblado en forma de "U", abra y cierre la boca. Aquí entra la ayuda que debe brindarle el manipulador al muñeco, al jalar o sostener un resorte que está colocado a la mandíbula inferior, misma que debe volver a su sitio después de emitir su parlamento. En este caso, la varilla sustituye a la bisagra. La cabeza adquiere movimiento gracias a una baqueta, misma que podemos elaborar con un palo de escoba. Esta baqueta debe estar justamente a la mitad y continuar a lo largo de la cabeza como su eje central.

85

Las cejas adquieren movimiento gracias a un mecanismo construido con alambres que se introducen en el interior de la cabeza, gracias a dos orificios hechos en el extremo a la mitad de cada ceja. Se unen desde el interior, formando una palanca que se acciona por un cordón, mecanismo que sujetará el ventrílocuo con sus manos o un par de dedos; de esta forma las cejas se alzarán o se colocarán en su sitio.

Usando este mismo sistema, alambre y palanca, que manipula el ventrílocuo, se pueden adaptar al mecanismo del muñeco unos bigotes. Lo mismo podemos hacer con los ojos o los párpados para que sean movibles. A veces podemos dejar que los ojos se muevan libremente o gracias a una placa que se desplace de izquierda a derecha o bien hacia arriba y hacia abajo.

El cuerpo del muñeco de ventriloquia puede fabricarse con una caja de cartón o modelarse como la cabeza de los títeres que vimos en el modelado indirecto. El cuerpo de los títeres de ventriloquia suele ser de una elaboración muy sencilla, pues los pies y los brazos carecen de mecanismos que les dé movimiento o acción. Lo importante siempre será el habla oculta del ventrílocuo y por eso la cabeza de este muñeco debe tener las mejores capacidades de expresión.

En México, disfrutamos durante muchos años a unos inolvidables personajes. Eran increíbles, tanto en televisión como en teatro. Don Carlos se hacía acompañar por dos muñecos: Don Neto y Titino. Sus cuerpos no tenían movimiento, casi siempre permanecían quietos sus brazos y sus piernas. Don Carlos los llevaba de un lado a otro y los acomodaba de tal forma que nadie dudaba que esos muñecos tuvieran vida propia. Su gracia era inigualable y aún a la fecha, no he visto quién los supere en nuestro país.

h) Los títeres de las sombras chinescas

En este tipo de representación se utilizan diversos muñecos, pueden ser de madera, de piel, de papel o de cartón y cuyos contornos sirven para sugerir la forma y la figura. Hay manipuladores que tienen la ventaja de elaborar estos muñecos con materiales transparentes, por ejemplo el pergamino. Otros se pintan con colores vivos y, esta fase del proceso puede aprovecharse para repasar las cualidades del color y los principios de sus mezclas. Antes de tomar el pincel, podríamos recordar cuáles son los colores básicos, los secundarios y, entre otras cosas, averiguar sus aspectos psicológicos, pues hay colores fríos y otros cálidos que transmiten distintas emociones.

Cuando las figuras están construidas y recortadas, se sostienen a través de varillas o alambres resistentes y se proyectan sobre una pantalla iluminada. Se utilizan también materiales opacos, como la madera y el cartón y, como ya dijimos, para que sean vistos por el público, se ponen delante de una lámpara que los proyecta hacia una pantalla que puede ser una cortina blanca o incluso una pared del mismo color. El muñeco puede llevar varias articulaciones, para lo cual podemos utilizar nuestras manos y sostenerla en una baqueta, para que el muñeco tenga posibilidades de elevarse y manifestar con mayor gracia y movilidad.

i) Los títeres de nuestro cuerpo

Cerramos este capítulo dedicado a la elaboración de los principales muñecos con unas sugerencias para elaborar otros títeres igualmente sencillos. Siempre habrá que partir de la idea de que no importan tanto los materiales, sino la posibilidad de encontrar medios de expresión y para esto podemos utilizar nuestro propio cuerpo. Podríamos empezar por las manos, ya que tienen una gran trayectoria de entrenamiento y comunicación, pues la gente, aunque no se lo proponga, habla por las manos. Los títeres de nuestras manos nacen por la posición que adoptemos en los dedos, en la misma palma y, por supuesto, en la

87

muñeca. Además, podemos pintarlas y adornarlas con otros pequeños utensilios o artefactos. El anillo, por ejemplo, podía ser la corona de una pequeña reina, para empezar. Veamos a continuación algunas propuestas.

1. Podríamos utilizar nuestra mano hacia abajo: para esto necesitamos pintar o adornar la parte de la muñeca como si ahí estuviera el cabello del muñeco. Los dedos índice y cordial serán las piernas del muñeco. La palma, aunque sea demasiado grande será la cara y por lo tanto le dibujaremos boca, ojos y nariz. Lo demás será un agregado de nuestra sensibilidad, pues le podemos colocar una sencilla falda con una tira de papel de china o le podríamos adaptar un huipil con un pañuelo.

2. Con la posición de nuestros dedos podemos animar a varios personajes, desde la clásica serpiente que husmea por todas partes, hasta una serie de animales o seres extraterrestres, todo gracias a los colores de la pintura y a los adornos que hayamos preparado. Esto sin mencionar a los mismos guantes que se usan a diario o en la estación invernal. Las pinturas pueden ser hasta los artículos de belleza que cargan las mujeres como lápiz labial, lápiz delineador o de cejas, sombra de ojos o polvos de mejillas. En la escuela todo esto se simplifica porque ahí encontraremos muy a la mano crayones, lápiz, gises, plumas, pinceles, y plumones, entre otros, elementos como diurex o masktape, o cinta canela para recortar formas y dotar de figura y sentido a nuestros dedos.

88

VI

Ejercicios y técnicas de manipulación

Las técnicas de manipulación son aquellas estrategias que nos ayudan a animar a nuestros títeres. Para adquirir este conocimiento, podemos iniciar una serie de ejercicios antes de que nuestros muñecos estén listos y el teatrino esté acondicionado. Así que en este capítulo veremos algunas técnicas que nos ayudarán a manejar a los muñecos de guante o títeres guiñol. Seguramente ya hemos realizado algunas rutinas empíricas desde el momento en que trazamos nuestros muñecos y estamos ansiosos por ejecutarlos de manera detallada y consciente. Aquí comienza mucho de la maravilla que encierran estas criaturas, pues nuestra voz y nuestra imaginación tendrán que transmitirse a través de nuestras manos. Las manos, estas maravillosas herramientas del cuerpo humano, tienen un campo de acción grande, que se hace necesario conocerla a profundidad.

a) La mano y el sentido del tacto
Se ha dicho que el cuerpo es una obra suprema de ingeniería, porque cada uno de nuestros órganos cumple a la perfección su función, salvo que estemos enfermos. Dentro de esta gran maravilla, los titiriteros encontramos una joya: El brazo y La mano. De manera especial, diremos que el tacto es el sentido que nos permite percibir las sensaciones de calor, presión, extensión, forma y textura de los objetos. Cuando decimos tacto, no estamos hablando únicamente de la mano. De hecho es uno de los sentidos menos localizados en el organismo, porque podemos tocar, acariciar con todo el cuerpo y no sólo con la mano. Erróneamente decimos que

89

está en la mano, pues reside en toda la piel y con intensidad desigual. Sin embargo, valoremos en este momento las manos.

Generalmente las sensaciones táctiles percibidas a través de las manos son mucho más vivas y es a través de ellas que podemos apreciar si un cuerpo es esférico, circular, triangular o de forma indefinida. Gracias a ellas podemos averiguar si se encuentra en posición vertical, horizontal, diagonal o invertida. Igualmente apreciamos el tamaño de las cosas. Si es grande un objeto, chico o mediano. Gracias al tacto logramos averiguar si el objeto es duro, blando o si las superficies son lisas, ásperas o rugosas. Gracias a la mano percibimos día tras día infinidad de sensaciones.

Por eso Stanislavski, el gran director teatral, recomienda con gran intención que estudiemos nuestros dedos, que tratemos de conocerlos a fondo, incluso más allá de otras partes de nuestro cuerpo. Konstantin Stanislavski decía que los ojos eran el espejo del alma, pero seguía diciendo que las yemas de los dedos eran los ojos de nuestro cuerpo y que no podían reflejar ningún sentimiento verdadero si no estaban entrenadas para hacerlo. Señalaba entonces que nuestra tarea como actores consiste en aprender a sentir con las yemas de los dedos, con las palmas, con el canto, es decir, con toda la mano. Cuando estos músculos estén liberados, podrán entrar al reino del subconsciente y, a partir de ahí, decía, no tendrán ninguna traba para desarrollar nuestra imaginación creativa. Si una tarea les encargaba a los futuros actores, en este caso a los titiriteros, era la misión de desarrollar las muñecas, de ejercitar los dedos de las manos. Sin dejar de analizarlas durante días y semanas, pues gracias a ese examen podríamos comprender su funcionamiento y, cuando nuestros dedos y sus habilidades estuvieran bien entrenados, podríamos interpretar cualquier emoción del personaje que actuáramos. Estamos totalmente de acuerdo con este director teatral; el desarrollo de unas manos hábiles será importante en el manejo de los títeres. Así que conozcamos nuestras manos, pues Stanislavski tiene razón cuando señala que un personaje que aparece con unas manos expresivas, siempre será más interesante para el espectador.

90

b) Los huesos de la mano

Esta maravilla llamada mano, que está siempre a disposición del ser humano, está formada por 27 huesos. Ocho de ellos forman la muñeca, llamados carpianos; 5 metacarpianos que forman la palma de la mano y 14 que forman los dedos: 5 falanges, 5 fa-

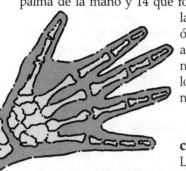

langinas y 4 falangetas; ingeniería ósea de grado supremo, sin lugar a dudas, pues no hay mensaje que no puedan comunicar con ayuda de los músculos que veremos a continuación.

c) Los músculos de la mano

Los huesos de la mano serían un armazón inútil si no estuvieran accionados por unos de los motores más finos y poderosos que se conocen hasta ahora: los músculos de la mano y por un sin número de tendones correspondientes a otros músculos que se localizan en el antebrazo, como el extensor común a los dedos, el extensor propio del meñique, el abductor largo del pulgar, los extensores largo y corto del pulgar y, etcétera, etcétera. La movilidad de los huesos de la mano y la capacidad del dedo pulgar de oponerse a los otros cuatro permiten al hombre usar herramientas de todas clases, así como ejecutar movimientos finísimos que le han servido para, aprovechando su inteligencia, escribir, pintar, esculpir, construir, dibujar, ejecutar un instrumento musical y una infinidad de actividades más que han sido la base de la civilización y del progreso hu-

mano. Para quienes queremos animar a los muñecos que hemos creado, necesitamos conocer a fondo los elementos que constituyen la mano y su funcionamiento, pues sólo así podremos realizar algunos ejercicios que nos brinden la capacidad de manipular con mayor eficacia a nuestros títeres.

91

d) Ejercicios de entrenamiento para la mano

A estas alturas ya estamos conscientes de que las manos son el instrumento principal para manipular nuestros muñecos, aunque la vida del personaje depende de muchos otros aspectos, como hemos visto en el apartado de la caracterización y de los efectos teatrales. Sin embargo, la mano tendrá la responsabilidad de animar al muñeco. Si un espectáculo careciera de los elementos ya mencionados, aún así el titiritero sería capaz de llenar de vida al títere, gracias al grado de expresión que tenemos en las manos. De ahí la importancia de ejercitarla con cuidado y de reconocer todas sus posibilidades de expresión y movimiento.

Nuestras manos tienen tres funciones básicas:
1. Flexión.
2. Extensión.
3. Oposición.

Podríamos calentar esta maravilla de la ingeniería corporal poniendo nuestras manos con la palma hacia arriba. Luego cerraremos los dedos, dejando que el anular caiga sobre los otros cuatro.

A continuación podríamos extender los cinco dedos para dejar abierta nuestra mano y, entonces, ya estamos extendiéndola. Lo que para todos nosotros se llama abrir y cerrar la mano son las dos funciones básicas de este órgano; flexión y extensión. Hagamos una serie de 15 flexiones y 15 extensiones, y esto podrá ser suficiente para empezar. Hagamos otra serie de 15 flexiones y 15 extensiones, pero con mayor fuerza. Al día siguiente podemos hacer las dos series de ejercicios con absoluta delicadeza o suavidad, para observar sus posibilidades de movimiento.

Pasemos ahora a la tercera función que tienen nuestras manos: la oposición que se dan entre los dedos. Para esto habrá que aplicar cierta fuerza en el recorrido que hagan los cuatro dedos sobre el anular. Podríamos empezar con el índice hasta llegar al meñique y viceversa. Cuando hacemos esto por primera vez, sentimos cierta sensación de extrañeza, misma que debe ser ligera, al oponer nuestros dedos. Posteriormente el ejercicio será realizado

92

con absoluta libertad y agrado. Dos series de 15 repeticiones en recorrido serán suficientes en las primeras sesiones de nuestro entrenamiento.

Por supuesto que nuestras manos tienen otra función más que es la expresión. Con ellas comunicamos ternura, cariño, ansiedad, angustia y toda la amplia gama de sentimientos y emociones que colman al ser humano. Eso será cuestión de aprenderlas gracias a nuestra observación y experiencia propia. Ya volveremos sobre la expresión, aunque de hecho nunca podemos dejarla de lado, mientras estamos vivos.

Pasemos ahora a otros ejercicios de entrenamiento para nuestras manos, que también nos serán de gran utilidad al momento de manipular a nuestros muñecos.

1. Como decía Stanislavski, el primer ejercicio de los titiriteros y de los actores será que observemos cuidadosamente nuestras manos, para conocerlas cabalmente.

3. Realizar ejercicios de flexión, extensión y oposición con distintos elementos; con un par de dedos juntos, con las manos caídas, con los brazos levantados, introducir las manos en otro ámbito como podría ser el lodo o simplemente una cubeta de agua, que nos ofrezca otra resistencia.

4. Tratar de mantener las manos en forma natural, mientras el dedo índice adquiere vida propia, independencia y hacer que el índice circule hacia a la derecha, luego a la izquierda, sin que interfieran los demás dedos.

5. Mover las muñecas frente a nuestros ojos, primero hacia delante y enseguida hacia atrás.

6. Igualmente colocadas las manos frente a nuestros ojos, mover las muñecas hacia los lados, derecha, izquierda, tratando de extender la amplitud día tras día del entrenamiento.

7. Mover los dedos, que hemos colocado en forma extendida, hacia atrás y luego hacia adelante, como si cada uno de ellos fuera llegando a la cita a un lugar de reunión y enseguida se retiraran por algún motivo. Realizar este ejercicio con la palma hacia arriba, como apuntando al cielo.

8. Pasemos ahora a las muñecas, pues los dedos ya los hemos

93

entrenado un poco. El octavo ejercicio que recomiendo consiste en mover las muñecas de costado y de lado.

9. Enseguida podemos mover nuestras muñecas en forma circular, primero girándola hacia el lado izquierdo y luego hacia el lado derecho. O bien, podemos girarla hacia afuera y luego hacia adentro. Este ejercicio se puede realizar con los dedos extendidos o con la mano contraída o cerrada.

10. Ahora doblemos con fuerza nuestros dedos, como si los partiéramos a la mitad y tomaran forma de garras. El movimiento debe procurar que las yemas de los dedos casi toquen la palma de la mano, pero sin lograrlo. Este ejercicio estará bien realizado si llegamos a sentir un breve jalón en nuestros músculos.

11. Proyecte las sombras de sus manos sobre el suelo o sobre una pared, tratando de inventar objetos o animales. La cosa resulta sencilla cuando trabajamos con ambas manos y el resto del brazo, pues aparecen enseguida animales como gatos, perros conejos, mariposas o cualquier otro que veamos gracias a la luz que cae encima de nuestras manos.

12. Inventemos ahora acciones con nuestras manos. Por ejemplo, un par de dedos se convierten en un par de piernas que caminan; nuestras manos abiertas se convierten en una gaviota. Ahora se han convertido en un aeroplano o acaban de chocar con un muro. Dejemos que también inventen sonidos; podemos comenzar interpretando el ritmo de una canción y luego las pondremos a sostener objetos invisibles.

Con estos ejercicios hemos despertado parte de nuestra emoción y gracias a nuestro entrenamiento ya estamos listos para accionar nuestros muñecos, así que por último tendremos que repasar cuáles son las posiciones correctas para manejar un títere de guante y de ahí en adelante las marionetas, los títeres de varillas y demás, será sólo cuestión de práctica.

e) Posiciones de la mano para la manipulación

Sin lugar a dudas estamos ansiosos por manipular a nuestros muñecos, incluso durante su elaboración le hemos dado un poco de

94

acción a nuestra figura. Veamos ahora cuáles pueden ser las posiciones más aptas para llevar a cabo una buena representación gracias a nuestra manipulación.

La primera posición consiste en introducir el dedo índice en el cuello que le hemos dejado al títere, es decir sostendremos la cabeza con el índice. Cada uno de los brazos será ocupado por el dedo pulgar y cordial, según corresponda a la mano derecha o izquierda, mientras que doblaremos el dedo meñique y el cordial para dejarlos de lado. Esta posición puede ser cómoda para algunos de nosotros.

Pasemos a una segunda posición. El dedo índice sigue controlando el cuello y la cabeza del títere, pero el dedo meñique y el pulgar ocupan ahora los brazos del muñeco y con ellos recibe movimiento. Esta posición también resulta apta para que nuestro muñeco quede animado.

Ahora vamos a introducir los dedos índice y cordial en el cuello y cabeza del títere y las manos estarán a cargo del dedo meñique y dedo pulgar. Esta posición, aparte de cómoda, la podemos usar si el títere que estamos manipulando no es nuestro y su creador ha dejado una abertura del cuello demasiado grande para nuestros dedos; de esta forma lo ajustamos.

En las anteriores posiciones hemos dejado sin trabajo a un par de dedos o cuando menos a uno de ellos, ahora ha llegado el momento de trabajar con todos. En esta quinta posición, utilizaremos todos los dedos de la mano: dos coordinan el cuello y la cabeza, dos se hacen cargo de una de las manos y, como nos queda el dedo pulgar libre, lo colocaremos en la mano sobrante del muñeco. Todo mundo a trabajar.

Otra forma de animar a nuestro muñeco consiste en introducir tres dedos en el cuello y cabeza de nuestro muñeco: índice, cordial y anular. De esta forma dejamos que las manos sean manejadas por el dedo meñique y por el dedo pulgar.

Hay una forma más en la cual podemos manipular al títere. Sobre todo si nos encontramos con un muñeco que no tiene abertura en el cuello de su cabeza, como si tuviera un palo o tubo cerrado como sostén de la cabeza. En este caso, el cuello queda sostenido o prendido entre el dedo índice y cordial, sin tener que introducir-

95

lo por alguna apertura. El movimiento de las manos o brazos del muñeco estará a cargo del índice y del pulgar.

Las posibilidades de expresión con esta técnica de manipulación son infinitas. Podríamos empezar con movimientos sencillos: nuestro títere va caminando. Primero lo hace lentamente, luego un poco más apurado, hasta que lo vemos surcando el teatrino como un verdadero relámpago. Quizá está huyendo de alguien o lleve mucha prisa. Ahora nuestro muñeco mira al frente, saluda a los espectadores con una sola mano, luego levanta las dos y recibe una ovación. Si no la recibe, tendrá que solicitarla. Luego se siente un poco apenado, así que se despide y desaparece. Quizá era alguien muy tímido. Ahora entra otro muñeco a escena, se asoma sólo por una esquina del teatrino, luego se asoma un poco más. Por fin asoma medio cuerpo. Le hace señas a alguien. Como ese alguien no le responde, se fatiga de esperar respuesta y se queda dormido, casi quieto, acostado en la orilla del escenario. Bueno, esto nunca sucederá, porque los títeres cobran vida propia en cuanto se asoman o cruzan el escenario. Todos han sido creados para cosechar las semillas que nuestro espíritu ha arrojado al surco: el agradecimiento y los aplausos que nos brindan los espectadores.

96

VII

Un pequeño repertorio teatral

El drama, las obras teatrales, los guiones, los argumentos, y unos cuantos términos más se refieren a los libretos que utilizamos los actores o los manipuladores para estudiar, analizar y memorizar una serie de parlamentos con los cuales se construye una historia, una fábula, una trama, una anécdota... Y volvemos a caer en un vocabulario que es muy preciso en el ambiente teatral y literario. Pero en esta ocasión sólo diremos que cada espectáculo requiere de una historia, llámese como se llame, esté escrita o en proceso de escritura; siempre tendremos necesidad de un soporte que haya sido creado para que nuestros muñecos se levanten y anden. A continuación te propongo cinco historias para que comiences a recopilar tu repertorio teatral.

Algunas de estas historias las he representando en distintas partes del país, otras han sido grabadas y transmitidas por la radio, hay también un par de videos donde se usaron mis propuestas. Pero, en cualquiera de estos formatos, siempre me acompañaron mis muñecos, por eso verás algunas fotografías de mis personajes. Algunas son adaptaciones de mis propios cuentos, otras son originales. Otras las inventé quién sabe de dónde. Sólo espero que las disfrutes tanto como las he disfrutado yo, pues todas las representaciones que he realizado han sido memorables para mí.

97

El vaquerito de negro
(Cuento de vaqueros para títeres de bola de unicel)

Reparto de muñecos que intervienen en esta historia

Narrador: Vaquero viejo y barbón que nos cuenta la historia.

El vaquerito de negro: El héroe de la historia es un jinete muy joven.

El pequeño Isaac: Un grandulón que anda estrenando pantalones nuevos.

Jimmy, el rayo: Un maloso del oeste que lanza cuchillos con gran precisión.

Jonás, el cabezón: Un vaquero que usa la cabeza para todo, menos para pensar.

Juan, el tuerto: El jefe de la pandilla y, supuestamente, un gran tirador.

Escena única

Narrador: La historia comienza una mañana. Por las calles del pueblo corrían bolas de zacate y un aire muy helado. Todas las casas y los negocios tenían encendidas las chimeneas y los fogones. Esa mañana entró un caballo al pueblo. *(Entra un caballo negro, pero sin jinete.)* Perdón por el error, se me olvidó decirles que, ese caballo traía un jinete encima. *(El caballo retrocede y regresa con un vaquerito de negro.)* Era un joven de 17 años y venía entrando al pueblo, con su cara de niño y su ropa negra, porque ese pueblo estaba en manos de una pandilla de malosos. *(El vaquerito de negro se pierde por las calles del pueblo.)* Con los malosos estaba un

98

tipo al que le llamaban *El Pequeño Isaac*. Según las malas lenguas, se decía que fue alimentado con leche de burra y que por eso creció tanto. *(Aparece el pequeño Isaac y realiza todo lo que se va narrando.)* Caminaba lentamente y con cara de zonzo, pero cuando había pelea, los contrincantes no podían pegarle un solo golpe. El pequeño Isaac los detenía con un brazo, y luego, en cuanto se cansaba, les ponía tremendo puñetazo en el rostro, que terminaba tapizando con sus dientes el piso del saloon. *(El pequeño Isaac se retira con sus grandes brazos estirados.)* Otro delincuente se llamaba Jimmy y le decían el Rayo. *(Aparece Jimmy, el rayo.)* Éste era muy flaco, pero tenía una mirada penetrante y era el mejor lanzador de cuchillos. *(Después de mirar al público, comienza a lanzar su puñal.)* Siempre tenía en la mano un puñal y se pasaba el arma de una mano a la otra. Además, tenía otro puñal guardado en la cintura, que casi nunca utilizaba, porque con el primer lanzamiento terminaba su labor. *(Jimmy, el rayo, se retira mostrando su segundo puñal que oculta en la cintura.)* El tercer maloso era Jonás, el Cabezón. *(Aparece Jonás, el cabezón, y comienza a representar lo que indica el narrador.)* Tenía más cabeza que cuerpo y siempre la utilizaba, pero no para pensar. Utilizaba la testa para perjudicar al prójimo, porque, primero se les acercaba, luego los miraba con sus pequeños ojos y, finalmente, cuando su contrincante menos lo esperaba, Jonás lanzaba su cabeza por delante y los desmayaba. *(Jonás, el cabezón, se retira muy ufano de su demostración.)* Pero el peor de los rufianes que asolaban al pueblo era Juan, el Tuerto. *(Aparece Juan, el tuerto, con su risa burlona y su gran nariz y comienza representar lo que indica el narrador.)* Este hombre tenía un parche en el ojo izquierdo y una carita de buena gente. Pero en el fondo era malo, muy malo. Porque engañaba a sus contrincantes y luego sacaba su pistola y disparaba con mucha rapidez. Sus enemigos no sabían ni por donde les llegaba la bala. Todo por creerlo algo debilitado por el ojo que le faltaba. *(Juan, el tuerto, se retira después de soplar el cañón de su pistola.)* Pues así estaba la situación cuando llegó esa mañana el vaquerito de negro.

Isaac: *(Apareciendo.)* ¡Hola, batos! ¿Ya vieron mis pantalones nuevos? Los compré directamente en la ciudad y me gustan tanto que

99

los llevo puestos desde que los estrené. Bueno, para seguir luciendo muy elegante, iré a la barbería para que me den una afeitada.

Narrador: Cuando llegó a la barbería, el barbero lo recostó sobre el sillón y, con suaves caricias, comenzó a adormecerlo. Con el tiempo había aprendido que ésa era la mejor forma de cortarle el pelo y de rasurarlo.

(El barbero comienza su tarea y casi enseguida el vaquerito de negro entra a la barbería.)

Vaquerito: Por las señas que me dieron, ese debe ser el Pequeño Isaac. Sí, ese tipo que está dormitando es uno de los malosos que debo eliminar. Voy a arrastrar la silla para despertarlo.

(Con el rechinido de la silla el cuerpo del pequeño Isaac se tambalea todo y el barbero sale corriendo de la barbería.)

Isaac: *(Con cara de pocos amigos.)* ¿Fuiste tú, verdad?

Vaquerito: Claro, no hay otro a la redonda.

Isaac: *(Fajándose los pantalones.)* Y se puede saber ¿por qué lo hiciste?

Vaquerito: Porque no me gustan tus ronquidos.

Isaac: *(Extiende sus largos brazos.)* Pues a mí no me gustan tus dientes.

Vaquerito: A mí tampoco me gusta la gente que no se baña. *(El pequeño Isaac se levanta del sillón.)* Debería aprovechar la oferta, el establecimiento está regalando baños gratis.

Isaac: Me echaste un cubo de agua y me dejaste todo empapado. Ya me las pagarás.

(El vaquerito de negro comienza a correr por la barbería, mientras el pequeño Isaac lo persigue por la habitación. Giran sobre todo alrededor de un fogón que comienza a secar las ropas del pequeño Isaac.)

Vaquerito: Ya me cansé da darle vueltas al fogón. Amigo, si quiere luego seguimos la carrera. *(Viendo que el pequeño Isaac apenas puede dar el paso, por que sus ropas se han encogido.)* Ahora, lo que debe hacer es irse a su casa y cambiarse los pantalones.

Isaac: Ah, maldición; el calor ha secado la humedad de mis pantalones y éstos se están encogiendo. *(Quejándose con dolor agudo.)* ¡Ah, ah, ya no caben mis piernas, muchos menos mi panzota!

(El pequeño Isaac sale de la barbería, en medio de su gran sufrimiento. El vaquerito de negro lo ve alejarse por la ventana.)

Vaquerito: Ese maloso se detuvo en la botica. *(Pausa para observar.)* Ya lo curó el doctor. *(Observando un momento.)* Uy, creo que no quedó sano. Lo bueno es que ya se está yendo del pueblo y todo por unos pantalones, que tanto le gustaban.

(El vaquerito sale de la barbería y, después de montar en su caballo, se aleja por el pueblo.)

Jimmy: *(Entra veloz como el rayo y cruza el escenario un par de veces.)* ¡Hola, huercos! ¿Saben ustedes quién soy? Pues, soy Jimmy, el Rayo, y ando buscando a un extraño que maltrató a mi amigo. Así que en este momento me subo a mi caballo y salgo a buscar al vaquerito.

(Jimmy trata de montarse en su caballo, pero el animal lo tira dos veces. A la tercera ocasión, por fin consigue montar a su bestia. Cabalga un rato hasta que se encuentra con el vaquerito de negro.)

101

Vaquerito: *(Viene silbando muy tranquilo encima de su caballo.)* Fiu, fiu, fiu. ¡Arre, Blacky!

Jimmy: ¡Oiga, forajido, vengo a cobrarle lo que le hizo al Pequeño Isaac!

Vaquerito: Yo no le he hecho nada a nadie. En todo caso, fueron sus propios pantalones. A esos trapos malhechos debería reclamarles.

Jimmy: No se haga tonto y mejor defiéndase. *(Dirigiéndose al público.)* No quiero que estos niños piensen que lo agarré a traición.

Vaquerito: Estos niños no tienen por qué ver violencia. Además, yo le recomiendo que no me ataque, porque soy un mago con grandes poderes y no quiero usarlos en su contra.

Jimmy: *(En son de burla.)* ¿No me diga?

Vaquerito: Pues nomás bájese del caballo y se lo demostraré.

Jimmy: Pues me bajo. Al fin que yo tengo mi cuchillo.

Vaquerito: Será mejor que guarde ese cuchillo.

Jimmy: Lo guardaré en tu propia panzota, chamaco burlón.

(Jimmy, el Rayo, lanza el cuchillo y de inmediato comienza a celebrar su triunfo, pues piensa que ya mató a su contrincante. Pero, cuando voltea a verlo, queda muy sorprendido porque no logró su cometido.)

Vaquerito: Su puñal se quedó pegado en uno de mis costados. Ahora levantaré las manos y el puñal caerá sobre la tierra. *(El vaquerito alza los brazos y el puñal cae al suelo.)* Ese puñal resultó inofensivo.

102

Jimmy: No importa, enseguida buscaré el puñal que traigo escondido en la cintura.

Vaquerito: Amigo, sus puñales son preciosos. Será mejor que los guarde.

Jimmy: A mí nadie me dice lo que tengo que hacer. Te apuntaré exactamente al corazón y lo lanzaré con mucha fuerza.

(Jimmy lanza de nueva cuenta su cuchillo y después de lanzarlo comienza a brincar de gusto, creyendo que ahora sí ha eliminado a su enemigo. El puñal vuela y se incrusta en la alforja del caballo Blacky, como si se hubiera atravesado para salvarle la vida. Jimmy deja de brincar y trata de confirmar si eliminó a su rival, cuando ve el puñal en el caballo, nuevamente queda sorprendido.)

Jimmy: *(Con algo de miedo en la voz.)* Esto no puede ser posible.

Vaquerito: Ese cuchillo se quedó pegado en la alforja de mi caballo. Mucho me temo, amigo, que ese puñal le gustó a Blacky. Así que ya no podré devolvérselo.

Jimmy: *(Mientras aumenta su miedo, sus piernas comienzan a temblar.)* Debe haber algún truco para detener mis puñales. Ya hasta estoy pensando que ese vaquero es realmente un mago.

Vaquerito: Será mejor que se vaya del pueblo. Ya le demostré que conmigo nadie puede. No sacaré la pistola, porque usted está desarmado. Pero si es necesario usaré los puños. *(Atemorizándolo.)* Y le aseguro que no le dejaré ningún hueso sano.

103

Jimmy: (*Tartamudeando muy nervioso.*) No-no lo creo, cha–chamaco hablador.

Vaquerito: Lo más inteligente de su parte será subirse al caballo y abandonar el pueblo. Si lo vuelvo a ver por sus calles, le arrancaré la cabeza de un puñetazo. Mire, se lo demostraré con mi caballo, porque no me gusta que nadie se quede con las cosas ajenas y Blacky se quedó con su puñal.

(*El vaquerito cierra su puño. Toma un poco de distancia y suelta el puñetazo con tremendo grito a la cara de su caballo. En cuanto lo golpea, el animal se derrumba y queda con la patas para arriba.*)

Jimmy: Ay, santa Cata de los forajidos, ni siquiera puedo evitar que mis piernas dejen de temblar. Yo mejor me largo de aquí.

(*Jimmy trata de subirse a su caballo, pero el caballo está tan asustado que sale corriendo y Jimmy lo sigue para alejarse del pueblo.*)

Vaquerito: ¡Qué bueno que entendió mis razones! (*Al público.*) No, amiguitos, a mi caballo no le pasó nada. Sólo que lo tengo muy bien entrenado. Ahora lo van a ver.

(*El vaquerito lanza un chiflido y su caballo negro se levanta del suelo. Se sacude el polvo y relincha de felicidad. Luego, los dos se pierden por las calles del pueblo.*)

Jonás: (*Apareciendo.*) Necesito saber qué pasó con mis amigos. Según me han dicho, todo es culpa de ese vaquerito que está jugando con las vaquillas. ¡Qué tonto! Después de patear a la vaquilla, sólo corre para un lado y luego para otro. (*Cambio.*) Eso me parece pura burla, vaquero. Lo importante es enredarse la cola en una mano y frenarlas con fuerza, para que se vayan al suelo.

Vaquerito: Cada quien se divierte como quiere. Yo no le encuentro ningún chiste al tumbarlas. Pero hay algo muy interesante que nadie ha intentado.

104

Jonás: Pues dígame de qué se trata.

Vaquerito: Sólo lo han intentado los hombres valientes.

Jonás: Pues yo soy el más valiente de todo el pueblo.

Vaquerito: Ah, qué bien; eso puede ayudarle. Mire, se trata de esperar a la vaquilla con nuestra cabeza por delante. Cuando choque con nosotros, tenemos que empujarlas hasta que se cansen. Gana el reto el que la empuje más trecho.

Jonás: Pues ya estuvo que yo gané. Es más, yo quiero ser el primero en aceptar el reto.

Vaquerito: Adelante, pues.

(La vaquilla se enfrenta a Jonás, el cabezón, a toda carrera. Lo sacude con el encontronazo. Sólo se escuchó un golpe seco y el maloso da tres volteretas en el aire antes de caer al suelo.)

Vaquerito: Sí que era cabeza dura, pero siempre hay otras cabezas más duras. Espero que cuando se levante, cuando menos se acuerde de su nombre.

Jonás: ¿On toy, on toy?

(Jonás el cabezón se levanta del suelo sin saber ni cómo se llama, además su cuerpo ha quedado reducido a menos de la mitad, pues la cabeza la tiene ahora encima de la cintura.)

Vaquerito: A ver amigo, deme la mano; yo lo llevo fuera del pueblo.

Jonás: *(Como niño consentido.)* Chi, mamita, lo que tú digas; eso haré yo.

Vaquerito: *(Saliendo de escena.)* Ahora ya nada más me falta acabar con el jefe de la pandilla.

105

El Tuerto: *(Aparece muy enfurecido.)* Escuchen todos ustedes: ando buscando al vaquerito de negro. Si lo ven díganle que estoy esperándolo con las pistolas listas. Díganle que tendrá que pagar lo que hizo con mis amigos. Si quiere batirse en duelo, lo espero el día de mañana, a las doce del día, en la calle principal del pueblo.

(Juan, el tuerto, se retira muy enojado. El vaquerito de negro entra a escena y los niños del público le informan del mensaje del maloso.)

Vaquerito: Muchas gracias, por informarme. Pues, entonces, este duelo ya no podrá evitarse. Díganle que ahí estaré.

(Rápido pasa el tiempo y vemos que el vaquerito de negro llega a la calle principal del pueblo. Se baja de su caballo y se acerca al maloso.)

El Tuerto: Eres puntual, chamaco. Todavía no entiendo cómo pudiste con mis tres amigos. Espero que no hayas tomado ventaja con ninguno de ellos.

Vaquerito: Yo no acostumbro trampas.

El Tuerto: Pues, entonces, nadie debe tener ventaja. Te propongo que nada más usemos una pistola. Yo nada más tengo un ojo bueno, así que siempre disparo con una pistola, aunque tengo las dos manos.

106

Vaquerito: Pierda cuidado, sólo usaré una pistola y, como no quiero abusar, sólo le dejaré una bala a mi revólver.

El Tuerto: Eso me parece justo. Entonces, a los diez pasos disparamos. ¿Listo?

Vaquerito: Listo. *(Contando.)* Uno, dos, tres, cuatro... cinco...

El Tuerto: *(Contando al unísono.)* Uno, dos, tres, cuatro... cinco...

(Antes de marcar el paso número seis, los dos vaqueros comienzan a darse de puñetazos y de patadas. En ese momento el narrador interrumpirá la historia.)

Narrador: Alto, señores, si no van a respetar las reglas, será mejor que tampoco nuestro público vea violencia. *(Al público.)* O, ¿acaso quieren pelear de a deveras?

(Si el público decide que siga adelante el duelo, el narrador y el público, seguirán contando los pasos: Seis, siete, ocho, nueve, diez. Hasta que se escuche un solo disparo.)

Narrador: Los dos hombres terminaron de contar y sacaron su revólver. Pero nada más sonó un disparo y... Sí, alguien murió. ¿Quién habrá sido? *(El narrador se acerca a Juan, el tuerto, quien tiene una pata estirada.)* Este ya está bien cadáver o, como decimos en el pueblo, ya estiró la pata. Sin embargo, debo decirles que el muerto no es Juan, el tuerto. Ahora están ante la presencia del difunto Juan. Tampoco es el tuerto, porque ya saben ustedes que las desgracias nunca vienen solas y, además de morirse, la bala que le quitó la vida también le desbarató el único ojo bueno que le quedaba. Uuyy, qué mala suerte. Pues, así concluye esta historia. Después el vaquerito le chifló a su caballo y cuando Blacky llegó, se montó enseguida. Luego salió del pueblo sin volver la vista atrás. Desde entonces ya no sabemos nada del vaquerito de negro. Si les gustó la historia, pues aplaudan, de lo contrario, pues comiencen a disparar sus jitomatazos, a ver si tienen buena puntería.

107

(Se escucha un poco de música emblemática del lejano oeste, mientras concluye la historia.)

Fin de la obra ***El vaquerito de negro***

El monstruo de metal
(Cuento ecológico para títeres planos)

Reparto de muñecos que intervienen en esta historia

Daniel: Un niño de siete años que nos cuenta su historia.

Rosa: Una flor muy encantadora que habita su jardín.

Girasol: Otra hermosa planta de su jardín.

Motor: Una terrible amenaza para la naturaleza.

Papá: Un hombre muy ocupado de la gran ciudad.

El mecánico: Un trabajador que repara cualquier desperfecto de los autos.

Escena única

Daniel: Hola amigos. Yo me llamo Daniel y quiero platicarles El Terrible Caso del Monstruo de Metal. Todo comenzó una mañana, pues todas las mañanas, antes de irme a la escuela, me acerco al jardín de mi casa y saludo con mucho gusto a todas las plantas. *(Aparecen la Rosa y el Girasol.)* Buenos días, Rosita, espero que hayas dormido muy bien.

Rosa: Oh, sí, muchas gracias Daniel.

Daniel: Gusto en saludarlo, señor Girasol. ¿Qué tal amaneció?

Girasol: También estoy muy bien, Daniel. Y espero que tengas un bonito día en la escuela.

Papá: *(Entrando.)* ¿Ya estás listo, Daniel?

Daniel: Sí, papá; sólo estaba saludando a las plantas del jardín.

Papá: Entonces, sube al carro que antes de llegar al trabajo, todavía tengo tiempo de dejarte en el colegio.

(Los dos personajes abordan el auto, es un modelo reciente, pero por su aspecto parece un coche muy viejo. Además, suena como cafetera descompuesta.)

Daniel: Cuando regreso a casa, lo primero que hago es comer. Después hago toda mi tarea y por las tardes, juego un rato. Antes de irme a dormir, paso a desearles buenas noches a las plantas y las riego para que duerman frescas. Una noche me acerqué al jardín y encontré a las plantas muy calladas.

Daniel: ¿Qué les pasa?

Rosa: El girasol tiene dolor de cabeza.

Daniel: ¿No será por hambre?

Rosa: No, nada de eso: siempre se pone mal cuando no recibe los rayos del sol.

Girasol: Todos necesitamos del sol para estar alegres.

Rosa: Pero cuando el cielo está nublado no nos llega su calor.

110

Girasol: Ayer por la mañana apareció una nube de humo cerca del jardín: si no se aleja pronto, seguro que nos enfermamos.

Daniel: Pues, ojalá que mañana el viento se lleve esa nube para que ustedes puedan recibir los rayos del sol. *(Daniel pide ayuda a los niños del público para que ayuden a soplar para que la nube se aleje y las plantas vuelvan a estar contentas.)* Muchas gracias, ahora ya podrán dormir tranquilas. *(Daniel sale y regresa.)* Sin embargo, al día siguiente, cuando me acerqué al jardín, descubrí que la Rosa tenía los ojos morados; mejor dicho, los tenía negros y la pobre no podía dejar de llorar. *(Cambio.)* ¿Y ahora qué pasó?

Girasol: Anoche, mientras dormíamos, alguien vino y le dio varios golpes a la rosa; cuando despertamos ya no había nadie.

Daniel: ¿De modo que ya tenemos dos enfermos en el jardín?

Rosa: Así es, Daniel, y todos estamos llenos de miedo.

Daniel: Tengo que irme a la escuela, pero mientras regreso tienen que cuidarse ustedes mismos.

Girasol: Claro que sí, Daniel; eso haremos.

Daniel: Cuando regresé, encontré a los alcatraces llenos de manchas y no dejaban de llorar porque se veían muy feos.

Daniel: ¿Quién les hizo eso?

Girasol: Ni cuenta nos dimos. Tienen el sueño muy pesado y, cuando abrieron los ojos, se encontraron muy sucios.

Daniel: Esto no puede seguir así; debemos descubrir al culpable de estas desgracias.

Girasol: Debe de ser un loco.

111

Daniel: Algo por el estilo, pero escúchenme: en vista de que sólo ataca de noche, debemos engañarlo. A la hora de dormir fingirán que están durmiendo y de esta forma lo sorprenderán. Si no pueden detenerlo, me llaman. ¿De acuerdo?

Rosa: Sí, haremos todo al pie de la letra para atrapar al culpable.

(Todas las flores y las plantas cierran los ojos y guardan silencio. Enseguida aparece una sombra gigantesca que no deja de reírse. De pronto las flores comenzaron a gritar.)

Girasol: ¡Ay, ay, ay! ¡Aquí está el loco!

Rosa: Sí, es un loco lleno de maldad.

Girasol: Es terrible; un monstruo de metal.

Motor: Cállense, flores gritonas, ni aguantan nada.

Girasol: ¡Hay que agarrarlo entre todos! ¡Hay que agarrarlo!

Motor: ¡Jajajá, mucho miedo! Conmigo nadie puede, pero por andar de gritonas les voy a dar unos manguerazos y tuercazos.

112

Daniel: Esa noche salí lo más pronto que pude, para evitar la desgracia. Pese a sus ganas de defenderse, todas las plantas y flores quedaron muy maltratadas y regadas por el suelo. Cuando llegué para auxiliarlas, ya era demasiado tarde.

Girasol: El monstruo que nos ataca es un motor de carro.

Rosa: Cuando se enoja, echa aire caliente y humo.

Girasol: Es muy grande y, como está muy pesado, fácilmente pasó por encima del señor césped y todo su pasto quedó muy maltratado.

Rosa: Daniel, la enredadera estuvo a punto de atraparlo, pero el motor le arrojó unos chorros de aceite en la cara y, como era venenoso, enseguida se desvaneció. Se ve tan enferma que a lo mejor se seca.

Daniel: ¿Y para dónde se fue el motor loco?

Rosa: Yo no vi nada. Estaba tan asustada que no pude ver gran cosa.

Daniel: Sí, me imagino que en medio de tanta confusión no pudieron verlo. Entonces, tendré que avisarles a mis amigos para que cuiden sus plantas, porque el monstruo de metal puede atacarlas.

Girasol: No te preocupes, Daniel. Yo sí vi por dónde se fue. Sólo espero que tú puedas descubrir sus maldades.

Daniel: Y ¿para dónde se fue?

Girasol: El monstruo de metal está escondido aquí cerca.

Daniel: ¿Aquí cerca?

Girasol: Sí, después de hacer su desastre, se escondió en el carro de tu papá para que nadie lo descubriera.

113

Daniel: Bueno, al menos ya sabemos dónde se encuentra. Ahora déjenme arreglar cuentas con él. *(Daniel abandona el jardín y se dirige a dónde está su padre.)* ¡Papá, papá! *(El papá aparece.)* Papá, quiero contarte que el motor de nuestro automóvil está destruyendo todas las flores del jardín.

Papá: ¿Estás seguro, Daniel? *(Daniel asiente con la cabeza.)* Entonces, se trata de un asunto grave.

Daniel: Las plantas y las flores de nuestro jardín han sido maltratadas por el motorcito que se ha vuelto loco.

Papá: Con razón el coche suena medio raro.

Daniel: Es que está desquiciado, papá; ya ves todo el daño que está causando.

Papá: Pues lo llevaremos al taller; es mejor gastar unos cuantos pesos que tener una casa sin jardín por culpa de un motor loco.

(Los dos personajes abordan el auto y se dirigen al taller mecánico. Sigue siendo el coche ruidoso y todo sucio que suena como cafetera descompuesta.)

Mecánico: Que tal señor Daniel, hace mucho tiempo que no lo veo por acá.

Papá: Pues precisamente, por no venir tan seguido, ahora tengo problemas con el auto.

Mecánico: No me diga, pero si su coche no es tan viejo.

Papá: Tiene razón, pero anda como muy desafinado, contamina una barbaridad.

Mecánico: No se preocupe, señor Daniel. Déjemelo y ya verá que

114

dentro de un par de horas, quedará como nuevo. *(Ruido y canto del mecánico trabajando.)* Ya quedó muy bien arreglado.

Papá: Déjeme probarlo. *(El coche arranca muy bien.)* Muchas gracias, Mai. Listo, Daniel; ahora sí ya podemos estar tranquilos con nuestro auto. Cuando menos, nuestro jardín estará a salvo.

Daniel: Así fue El Terrible Caso del Monstruo de Metal. En realidad era un motor algo descompuesto. Pero, gracias a mi papá, en el taller mecánico arreglaron el coche y le dieron una lavada completa. De esta forma ya no molestará a las flores. Hasta luego amigos, gracias por escuchar mi historia.

Fin de la obra ***El monstruo de metal***

115

El espíritu de la caverna
(Cuento de piratas para títeres de varillas)

Reparto de muñecos que intervienen en la historia
El narrador: Un viejo pirata que nos cuenta la historia de Tomás y Miguel.
Tomás: El contramaestre o segundo de abordo.
El capitán Miguel: Pirata conocido como "El Azotador".
La presencia colorada: Un espíritu marino que anuncia la desgracia.
El esqueleto ruidoso: Un marinero encantado de la isla.
La serpiente encantada: Un viejo marino cautivo de la isla.
El espíritu de la caverna: Una sombra negra y maligna.

Escena única

Narrador: El día era claro y transparente; cuando el barco pirata apareció cerca de la isla. Llegarían a media noche y con buen viento. No había nada qué temer, pues recordaban en qué sitio tendrían que atracar. Sin embargo, cuando el timón estuvo dirigido a su destino, las maderas de la embarcación crujieron, como si lamentara el rumbo que había trazado el capitán, y se detuvieron por completo.

Capitán: ¿Por qué ya no avanza el barco?

Tomás: Capitán, se ha detenido encima de una mancha negra.

Capitán: Parece petróleo *(mirando al cielo)* y lo extraño es que también el viento tampoco sopla.

116

Tomás: ¿No será eso un presagio para que nos alejemos de la isla?

Capitán: Pamplinas, yo no creo en presagios. Sólo sé que necesito recuperar el tesoro.

(En ese momento se escucha una terrible voz que viene de la isla, al mismo tiempo se distingue una terrible figura que les habla.)

Colorada: ¡Marinos, si aprecian su vida, sigan en el mar!

Tomás: ¿Qué será esa presencia, capitán?

Capitán: *(Observando hacia la playa.)* Yo no veo nada.

Tomás: Pero, sus palabras se escucharon con mucha claridad.

Capitán: Seguramente serán los monos que chillan a lo lejos.

Colorada: *(Apareciendo de nuevo.)* ¡Marinos, si aprecian su vida no desembarquen!

Tomás: Ahí está otra vez. Parece un demonio terrible.

Capitán: *(Observándola esta vez.)* Seguramente se trata de algún marino abandonado en la isla. Ya lo veremos ahora que el viento nos permita seguir nuestro viaje.

Narrador: Sólo cuando llegó la media noche, las velas se hincharon y las maderas del barco crujieron desde la profundidad del mar. En un abrir y cerrar de ojos, los

117

marinos llegaron a la isla, pero no pudieron desembarcar porque estaban rodeados de neblina.

Tomás: Otra vez siguen sucediendo cosas extrañas, capitán.

Capitán: Nada que no hayamos visto antes. Al amanecer estaremos pisando la playa.

Esqueleto: *(Aparece cerca del barco.)* Ahora que han llegado están aquí, debo advertirles que no deben tocar nada de lo que se encuentra en la isla, de lo contrario no podrán volver al mar.

Tomás: Otra vez esa voz, capitán. Pero ahora sonó más terrible, como si nos hablaran cientos de muertos.

Capitán: Debe ser el marino abandonado. Seguramente ha descubierto nuestro tesoro y quiere alejarnos para que no lo recuperemos.

Tomás: Pero, en medio de la neblina, pude ver que se trataba de un gran esqueleto.

Capitán: Seguramente tu vista te engaña, Tomás: la isla está desierta.

Esqueleto: *(Alejándose y hablando con su voz de ultratumba.)* ¡No tomen nada de esta isla! ¡Si desobedecen, el espíritu de la caverna lo convertirá en sus esclavos!

Narrador: Al amanecer abandonaron el barco y en dos lanchas llegaron a la playa. El capitán Miguel, el Azotador, antes de recoger su tesoro, decidió investigar la isla para saber si alguien más la habitaba.

Capitán: Yo partiré con una docena de hombres. Y tú, Tomás, partirás con otro grupo.

118

Tomás: Creo que será mejor permanecer unidos, capitán.

Capitán: No temas, Tomás. No en valde me nombran Miguel, el Azotador. Cualquier otro marino que se me cruce enfrente, sabrá por qué me dicen así. Nos veremos en este sitio al atardecer.

Tomás: De acuerdo, capitán.

(Salen cada cual por un lado. En medio de ruidos selváticos y marinos, se ve a los dos piratas de un lado a otro de la isla, hasta que el capitán Miguel regresa al sitio de la reunión a esperar a Tomás.)

Capitán: Ustedes, marinos, pueden regresar al barco. Yo esperaré a Tomás y me iré con sus hombres en la lancha. *(Sus hombres se alejan y se oyen como reman contra las olas.)* Ya está oscureciendo. *(Al verlo entrar.)* ¿Por qué tardaste tanto, Tomás?

Tomás: Al principio no encontramos nada fuera de lo común; salvo la vegetación boscosa de la isla. Sin embargo, mis hombres descubrieron una cascada, donde el agua parecía cantar como si la corriente estuviera formada de aves.

Capitán: No puedo creer que exista tal cosa.

Tomás: Eso no es lo más maravilloso, porque yo mismo escuché que sus aguas dejaba salir miles de melodías y eran tan bellas que los hombres intentaron beber, pero, con la pistola en la mano, quise prohibirles el paso.

Capitán: Entonces, sufriste una rebelión o ¿acaso los mataste a todos?

Tomás: Nadie respetó mi autoridad. Los hombres corrieron y comenzaron a beber fascinados por las melodías y la frescura que el agua les brindaba. Pero, luego, de la cascada salieron aves cristalinas que buscaban a los marineros. Al principio abrían los labios, para que entraran en sus bocas. Lo terrible fue que las aves cris-

119

talinas no se detuvieron. Siguieron volando, cada vez con mayor violencia, y si encontraban cerradas sus bocas, chocaban contra sus labios y los sangraban.

Capitán: Eso es imposible.

Tomás: Lo mismo diría yo si alguien me lo contara, pero yo lo vi todo, capitán, porque ni siquiera pude cerrar los ojos de la sorpresa. Finalmente, las aves de cristal los despedazaron y sus huesos se convirtieron en arena que se depositó en el fondo de aquella cascada.

Capitán: Has sido un gran compañero, Tomás. Y no tengo por qué dudar de tus palabras. Algo extraño sucede en esta isla. Así que lo mejor será que tú y yo carguemos el tesoro en esa lancha y volvamos al barco.

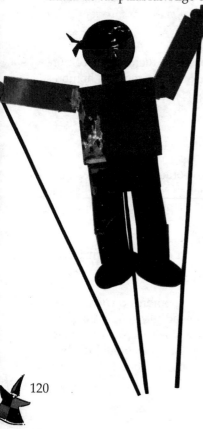

Tomás: Incluso me gustaría marcharme sin el tesoro.

Capitán: No digas tonterías, Tomás. Si volvemos con las manos vacías. Nuestros hombres nos matarían antes de subir al barco. En marcha.

Narrador: Los dos piratas se adentraron en la isla. Y después de un tiempo, llegaron ante una enorme roca que cubría la entrada de una cueva. Se detuvieron cuando encontraron la señal que marcaba el final de su recorrido.

Capitán: Aquí fue donde dejamos nuestro tesoro.

120

Tomás: Pero no hay nada; sólo esa enorme roca sobre la pared.

Serpiente: *(Aparece misteriosamente.)* Eso es cierto. Aquí esss donde dejaron susss tesorosss.

Tomás: ¿Quién eres? ¿Animal o espíritu? Responde, quien quiera que seas.

Serpiente: Soy un viejo náufrago, pero el espíritu de la caverna me hechizó. Estuve a punto de vencerlo y de poseer todos sus tesoros, pero me traicionó la avaricia y perdí. El espíritu de la caverna me convirtió en la víbora que ustedes ven. A veces, dejo de arrastrarme por la isla y casi vuelvo a ser humano. También me convierto en esqueleto antes del anochecer.

Capitán: Ahora, dinos, ¿dónde está nuestro tesoro?

Serpiente: Tendrán que hablar con el espíritu de la caverna para que se los devuelva. Si quieren, les dejaré el paso libre. Pero seguramente ya no volveré a verlos.

Tomás: Nosotros confiamos en nuestra buena estrella.

(La serpiente arrastra la roca. Cuando la roca queda a un lado, deja al descubierto una entrada a la cueva.)

Serpiente: Entonces, pondré la roca que oculta la entrada de la caverna. Si derrotan al espíritu maligno, podrán encontrar la salida.

Narrador: Los dos piratas se introdujeron a la caverna. No había antorchas pero, como el interior estaba lleno de joyas, todo se veía iluminado. En medio de tantas riquezas estaba un espacio libre y vieron que del techo comenzaba a caer un líquido negro. *(Sonidos misteriosos de una gotera.)* Cuando aquello dejó de gotear, apareció en el sitio un hombre completamente oscuro.

Espíritu: Me da mucho gusto tenerlos en mis dominios.

121

Capitán: Sólo hemos venido por nuestro tesoro. Lo demás no nos interesa.

Espíritu: Lo sé, pero nunca debieron despreciar mis riquezas. Mi casa es una isla que sólo les muestro a quienes yo decido. Hace tiempo les mostré mis tesoros. Sin embargo, descendieron de su embarcación para dejar sus propias riquezas. ¿Por qué no se llevaron mis tesoros?

Capitán: Escuché una voz diciéndome que lo hiciera. Pero, veníamos a ocultar el nuestro, no a llevarnos nada.

Tomás: Entonces; ¿escuchaste una voz?

Capitán: Así fue. Pero, luego regresaste con otro viaje y decidí que ese tesoro también se quedaría en la cueva. Lo dejé a la suerte. Si el tesoro pertenecía a otros piratas, quienes regresaran primero, ellos o nosotros, se quedarían con todo.

Espíritu: Me equivoqué con ustedes, pues en lugar de llevarse lo que les ofrecía, me arrojaron sus migajas. Ahora nadie se llevará de nada de aquí. ¿Alguno de ustedes intentará impedirlo?

Capitán: ¡Lo haré yo!

Narrador: Con la espada levantada atacó al espíritu de la caverna y con el primer ataque, le mutiló tres dedos. El capitán lo atacó con más furia, pero ahora el espíritu se convirtió en un ser de metal y la espada rebotaba en su cuerpo.

Espíritu: ¡Ja, ja já! Soy invencible. Por eso me río de tus ataques.

122

Capitán: *(Deteniendo su ataque.)* Ahora comprendo por qué nos ofreciste tus tesoros, porque con nuestras infamias te ayudamos a vivir. Cada gota de sangre que derramamos sobre el mar te llenaba de vida.

Espíritu: No sabes lo que estás diciendo.

Capitán: Ahora te crees invencible, porque te has fortalecido con mi furia. Pero dejaré de pelear. No vale la pena tanto sacrificio, si no puedo disfrutar esas riquezas con los seres que más amo en la vida.

Espíritu: Si no quieres luchar más, te convertiré en mi esclavo.

Capitán: Te equivocas, espíritu. En este momento quedaré libre para siempre.

Tomás: ¡Levante su espada, Capitán! ¡Y defiéndase!

Capitán: Nunca más levantaré mi espada contra nadie. *(El capitán se dirige a Tomás.)* Los mares que recorrí me conocieron como Miguel, el Azotador. Sin embargo, debo decir que los tiempos pasados no fueron los mejores para mí. Desde ahora obedeceré a mi propio corazón. Nunca más, amigo mío, levantaré la mano llena de odio contra nadie: ni siquiera contra este espíritu que quiere arrebatarme la vida.

Espíritu: *(Desconcertado.)* ¡Defiéndete! ¡Defiéndete o morirás!

Narrador: El espíritu estaba enloquecido porque ya no tenía a nadie enfurecido cerca de su caverna. Se acercó al capitán, para tratar de despertar su odio y seguir viviendo de la maldad de los piratas. El capitán Miguel se inclinó para que ese ser maligno desapareciera.

Espíritu: Su cabeza ha rodado entre las joyas. Ahora es tu turno: lucha o muere.

123

Tomás: He comprendido que te alimentas de maldad. Así que yo también prefiero morir.

Espíritu: ¡Idiotas! ¿Qué les pasa que no luchan?

Narrador: La furia del espíritu comenzó a desvanecerse en gritos que no decían nada. Finalmente, su sangre se resumió en el suelo de la caverna. Tomás quedó a salvo y cuando salió de la caverna, encontró al viejo marinero que estaba hechizado. El capitán Miguel, al ofrecerle la paz, había derrotado a ese ser maligno que se alimentaba de odio. La isla dejó de ser peligrosa y los demás piratas que las aves cristalinas habían destrozado, se olvidaron de sembrar la muerte cuando aparecieron a la orilla de la cascada. Volvieron al barco muy felices, porque ahora eran dueños de los tesoros que el espíritu había reunido a través del tiempo.

Fin de la obra *El espíritu de la caverna*

124

El pepino pelado
(Cuento educativo para títeres de frutas y verduras)

Reparto de muñecos que intervienen en la historia
El Pepino pelado: Un pepino limpio, pero extraviado.
La Naranja: Una cítrica sin nada de bondad.
La Papa: Una verdura dominada por la opinión de los demás.
La Zanahoria: Una flaca que sólo piensa en ella.
La Lechuga: Una gorda bastante egoísta.
El Pepino verde: Un pepino que sólo quiere cumplir su destino.

Escena única

(Entra el Pepino pelado, un pepino con el cuerpo todo blanco, porque le han quitado la cáscara y por eso va temblando.)

Pepino pelado: ¡Ay, ay! ¿Hay alguien que pueda ayudarme?

(Por las cuatro esquinas del escenario se asoman unos gigantescos ojos morados, pero cuando el Pepino pelado mira a las cuatro esquinas, cada par de ojos se esconde y desaparece de inmediato.)

Pepino pelado: ¡Ayúdenme; ya sé que están ahí! ¡Ayúdenme!

(Nadie acude a su llamado y el Pepino pelado, con el cuerpo todo blanco, con sus ojos morados, comienza a temblar. En un extremo del escenario La Papa sale y comienza a platicar con La Naranja.)

125

Papa: Creo que sería bueno ayudarle.

Naranja: Pero, doña Papa, ¿acaso no ve en qué fechas anda?

Papa: Seguramente no andará así por decisión propia.

Naranja: Para mí que es un desvergonzado; mire que andar sin nada encima a plena luz del día.

Papa: ¿Entonces?

Naranja: Entonces, nada. Cuando yo le pida un favor, entonces me lo hace: pero no comience a preocuparse por un desconocido.

Papa: ¿Usted cree?

Naranja: No sólo lo creo, estoy segura que si usted estuviera en aprietos, la ayudaría; pero a los desconocidos, ni pensarlo.

Papa: Seguiré su consejo, entonces.

Naranja: Bien decidido. Oídos sordos a los extraños.

(Pepino pelado intenta acercarse a la Papa y a la Naranja, pero ellas fingen sordera y comienzan a retirarse. Cuando llega el Pepino pelado, ya no está ninguna de las dos.)

Pepino pelado: Ay, qué malas vecinas han resultado doña Papa y doña Naranja. No ven que me han desnudado todo y que precisamente en este día tendré muy mal final. *(Comienza a temblar.)* Ay, ay, seguramente ningún vecino vendrá en mi ayuda.

(Por la otra esquina aparece la lechuga y la zanahoria. Una es una gorda verde y la otra una delgada y esbelta zanahoria color naranja.

126

Vienen caminando muy tranquilas, pero de repente la zanahoria descubre al pepino.)

Zanahoria: ¡Alto ahí, comadrita!

Lechuga: ¿Qué, qué sucede?

Zanahoria: ¿No ve usted lo que tenemos ahí enfrente?

(La lechuga se detiene y, abriendo mucho más sus enormes ojos, descubre al Pepino pelado.)

Lechuga: Pero, qué barbaridad; ese pepino está pelado.

Zanahoria: Es una inmundicia; mire que andar sin cáscara a plena luz del día.

Lechuga: Seguramente no es de este sitio. Aquí todos guardamos las buenas costumbres.

(El Pepino las descubre y se acerca a ellas tratando de obtener ayuda.)

Pepino pelado: No piensen mal de mí, vecinas: de veras que no sé qué me pasó.

Lechuga: Pues yo se lo digo: anduvo de borracho toda la noche y se quedó dormido y por eso lo despellejaron.

Zanahoria: Alguien se aprovechó de usted y lo dejó sin cáscara.

Pepino pelado: Sí, me agarraron dormido y por eso estoy pelado y muerto de frío.

127

Zanahoria: Eso le pasó por meterse donde no debía.

Pepino pelado: Sólo recuerdo que me pusieron con mis hermanos en una canasta.

Lechuga: Ahí lo tiene usted; por andar de interesado, a dónde ha llegado.

Zanahoria: Se lo tiene bien merecido. Así que no podremos ayudarlo.

Pepino pelado: *(Temblando cada vez con mayor fuerza.)* No sean malitas, por favor; denme una ramita.

Zanahoria: Yo no traigo nada a la mano.

Lechuga: En mi caso podría darle una o dos hojitas de mi bello follaje, pero perdería mi bella silueta.

Pepino pelado: A lo mejor, si se quita unas hojitas de más, el follaje que trae adentro se verá más tierno y suculento.

Lechuga: Ah, aparte de pelado, majadero, ¿me está diciendo gorda?

Pepino pelado: Yo no dije nada de eso.

Zanahoria: A mí me pareció que sí.

Pepino pelado: No, deveritas que no.

Zanahoria: Mejor ni lo escuchemos, comadrita lechuga.

Lechuga: Tienes razón, sigamos nuestro camino; al fin que esta mesa es muy amplia.

Zanahoria: Sí, es tan amplia que luego nos encontramos con cada verdura exhibicionista.

128

Pepino pelado: Por favor, por favor, señora lechuga; deme aunque sea una ramita, que me estoy muriendo de frío.

Lechuga: De ninguna manera tendré tratos con usted. Abur.

(Pepino se queda llorando solo en escena. Sin que se dé cuenta entra otro Pepino, pero éste es verde. Se le queda mirando, sin entender su llanto ni su tembladera.)

Pepino verde: ¿Qué te pasa hermano?

Pepino pelado: Cómo que qué me pasa, ¿no ves cómo me han dejado?

Pepino verde: Pues te dejaron muy limpiecito. Y ¿eso que tiene de malo?

Pepino pelado: Que ya no tengo nada de nada.

Pepino verde: Ay, qué hermano tan presumido. Estás luciendo tu cuerpo banco. Te crees muy fufurufu, porque ya no tienes ninguna mugre encima.

Pepino pelado: No, no estoy presumiendo nada. Simplemente me siento perdido. Hace poco le pedí ayuda a una papa y también a una naranja, pero ni caso me hicieron.

Pepino verde: Es que hay verduras muy insensibles; unas por vivir enterradas mucho tiempo y otras por vivir en las alturas.

Pepino pelado: Pero, lo mismo me pasó con la lechuga y con la zanahoria. Nadie se apiadó de mi desnudez.

Pepino verde: Seguramente se morían de envidia. Por eso no quisieron dirigirte ni la palabra.

129

Pepino pelado: Por favor, hermano pepino, no te burles de mi desgracia.

Pepino verde: Cómo te sientes desgraciado, si es la suerte que yo quisiera correr. Mírame a mí. Todavía no me han lavado y tampoco me han pelado y quisiera dejar esta triste situación. Veme; estoy verde de envidia.

Pepino pelado: ¿Te estás burlando? Yo no te entiendo.

Pepino verde: Entonces, déjame decirte que las frutas y las verduras somos puras vitaminas y proteínas y por eso somos los mejores alimentos.

Pepino pelado: ¿En serio?

Pepino verde: Te lo digo tan en serio que ahora tienes que llevarme a dónde te pelaron. Yo me siento muy orgulloso de ser una verdura. ¿Dónde te pelaron? ¿Me podrías llevar?

Pepino pelado: Fue por allá, casi al fondo.

Pepino verde: Pues llévame, que necesito un buen baño, antes de que alguien me haga rodajas y se alimente conmigo. Ya te dije, las verduras y las frutas somos puras vitaminas y ayudamos a vivir con calidad a todos los demás.

(Los dos pepinos se alejan caminando muy contentos hacia el fondo del escenario.)

Fin de la obra ***El Pepino pelado***

130

El almirante de la mar océano
(Cuento histórico para títeres de guante)

Reparto de personajes que intervienen en la obra

Isabel I: Reina de Castilla.
Fernando II: Rey de Aragón.
Sabio I: Uno de los sabios de Salamanca.
Sabio II: Otro sabio de Salamanca.
Cristóbal Colón: Marino y cartógrafo genovés.
Hermano 1: El primer hermano Pinzón, marino de Colón.
Hermano 2: El segundo hermano Pinzón, marino de Colón.

Escena única

(Aparecen los dos reyes y caminan a ocupar sus tronos.)

Fernando II: Querida Isabel, ¿de verás te interesa conocer los planes de este navegante genovés?

Isabel I: Así lo he pensado, amado Fernando, para nuestro reino sería sumamente importante conseguir una ruta más corta hacia el Oriente.

Fernando II: En ese aspecto tienes toda la razón, soberana de Castilla; si encontráramos una ruta hacia las Indias, no tendríamos tantas trabas para comerciar con los moros que tanto nos encarecen los productos.

131

Isabel I: Cristóbal Colón está firmemente convencido de que tal cosa es posible.

Fernando II: Definitivamente yo no puedo apoyar su viaje: las arcas del reino están exhaustas, después de tantas guerras que hemos emprendido contra los musulmanes.

Isabel I: De cualquier manera, debo entrevistarme con Cristóbal Colón.

Fernando II: Pero, si deseas apoyarlo, debes ser prudente, como reina de los católicos, debes enviarlo a debatir con los sabios de Salamanca. Si ellos descubren alguna falla en su proyecto, no te arriesgarías en vano.

Isabel I: En esta cuestión, querido Fernando, también te haré caso. Cristóbal Colón someterá sus planes antes los sabios. Lo citaré próximamente ante la junta de la ciudad de Salamanca.

(La acción de la obra se traslada a la junta de notables sabios de Salamanca.)

Sabio I: Compañeros, los reyes de España, Isabel I de Castilla y Fernando II rey de Aragón nos han reunido para dictaminar la teoría de un navegante genovés.

Sabio II: Se trata, sin lugar a dudas de Cristóbal Colón, es un desquiciado.

Sabio I: Lo sabemos: ha dicho que se puede navegar hacia el Occidente y que está convencido de que la Tierra es redonda.

Sabio II: Si así fuera, todo caería sin lugar a dudas al abismo al otro lado de la Tierra.

Sabio I: Pero tendremos que escuchar sus tontas teorías. Pues ha sido una petición de nuestros católicos reyes.

132

Sabio II: Entonces, dejémoslo pasar ante esta dignísima junta y nosotros objetaremos sus proyectos.

(Cristóbal Colón entra con varios pergaminos bajo el brazo.)

Cristóbal Colón: Sabios de la corte, es un honor presentarme ante ustedes; pues con su sabiduría apoyarán este proyecto que será benéfico para España.

Sabio II: No estés tan seguro, Colón.

Sabio I: Sabemos que has viajado por otros reinos ofreciendo la misma teoría de encontrar una ruta marítima hacia las Indias y en todos has recibido negativas.

Cristóbal Colón: Lo han rechazado, no porque sea algo irrealizable, sino porque sus gastos son enormes.

Sabio I: ¿Y por qué piensas que los reyes de España te apoyarán?

Cristóbal Colón: Por los beneficios que obtendrán.

Sabio II: Pero, sabes que la mar termina en un precipicio sin final, donde ninguna embarcación ha vuelto: sus aguas están llenas de terribles monstruos marinos.

Cristóbal Colón: Sólo es una superchería. Desde joven fui una persona aplicada al dibujo y al estudio de la cartografía y he consultado muchas fuentes que demuestran la redondez de la Tierra.

Sabio I: Tus palabras no bastan para apoyar tus teorías.

Sabio II: Además, ¿cómo es que la reina te envió ante esta junta de sabios?

Cristóbal Colón: Hay gente que confía en mis conocimientos y en mis habilidades.

133

Sabio I: ¿Te refieres a Fray Juan Pérez?

Cristóbal Colón: Así es; Fray Juan Pérez ha sido confesor de la reina. Hombre cultísimo que ha intercedido para que me concediese la entrevista y así he llegado ante ustedes.

Sabio II: *(Después de cuchichear con el Sabio I.)* Cristóbal Colón, para nosotros tus teorías son erróneas y, además, tus pretensiones son muy altas para dicha empresa.

(Los dos sabios de Salamanca abandonan la escena y Cristóbal Colón queda un momento a solas sin soltar sus pergaminos o rollos de papel.)

Cristóbal Colón: Mis pretensiones sólo son acortar las distancias del mundo. Cierto, que quiero ser nombrado almirante de las tierras descubiertas, he solicitado el título de Virrey y gobernador de las nuevas tierras, más el 10 por ciento de toda materia de comercio y no importa cuánto tiempo tarde en lograr patrocinio para mi travesía; cruzaré la mar océano.

(La escena se desarrolla a la orilla del mar. Se escucha un fuerte oleaje y sobre la orilla caminan los hermanos Pinzón.)

Hermano 1: Colón ha logrado su objetivo; la reina ha empeñado sus joyas y decidió apoyarlo de todo corazón.

Hermano 2: Pues que dios nos acompañe en esta travesía; si triunfamos, Colón será nombrado juez supremo de todas las tierras descubiertas y, sin lugar a dudas, nuestra suerte cambiará.

Hermano 1: ¿Cuántos hombres hemos reunido?

134

Hermano 2: Tenemos 120 personas para la tripulación.

Hermano 1: Aún así, ha sido buena suerte conseguirlos para esta empresa.

Hermano 2: Sí, sobre todo porque las carabelas ya están terminadas.

Hermano 1: Mucha gente se ha sumado al proyecto, porque saben que los hermanos Pinzón somos excelentes navegantes. De lo contrario, Cristóbal Colón navegaría sólo con sus sueños.

Hermano 2: Reclutar tripulantes no ha sido fácil. Todos creen que navegar por esas rutas es enfrentarse a lo desconocido. Dicen que las aguas están infestadas de dragones y grandes serpientes.

Hermano 1: Sin embargo, yo estaré a cargo de La Niña y tú estarás a cargo de la carabela llamada La Pinta.

Hermano 2: Entonces, Cristóbal Colón irá en la carabela Marigalante.

Hermano 1: Así es hermano, pero le ha cambiando el nombre: al momento de partir su carabela se llamará Santa María.

Hermano 2: Todo está listo, sólo tendremos que esperar el amanecer del próximo 3 de agosto de 1492; esa fecha se abrirá un nuevo capítulo en la historia.

Hermano 1: No tienes por qué dudarlo, la expedición que encabeza Colón y que saldrá del mismo Puerto de Palos, terminará por encontrar una nueva ruta a las Indias.

Hermano 2: Somos los primeros tripulantes en navegar hacia el oeste. Pero confiamos en Cristóbal Colón y pronto tendrán buenas noticias del Almirante de la mar océano.

135

(Isabel I y Fernando de Aragón entran a escena, mientras suenan unas fanfarrias.)

Isabel I: ¿Te has enterado de la noticia, querido Fernando?

Fernando II: Así es, amada Isabel, si se confirma lo dicho, España será más grande aún y un ejemplo para la cristiandad.

Isabel I:: Veamos qué dice nuestro súbdito genovés.

Cristóbal Colón: *(Entrando)* Mis católicas majestades; he vuelto.

Isabel I: ¿En qué condiciones vienen las carabelas, Colón?

Cristóbal Colón: Sólo han regresado dos carabelas.

Fernando II: Entonces, ¿el viaje ha sido una ruina, Colón?

Cristóbal Colón: De ninguna manera, majestad. Han vuelto sólo dos carabelas, porque nos vimos en la necesidad de desarmar una de ellas; con sus partes hemos reparado las otras dos. Con el resto de material hemos construido un fuerte, donde he dejado a varios súbditos cuidando tus nuevos territorios.

Isabel I: Entonces, ¿has descubierto nuevas tierras?

Cristóbal Colón: Así es majestad; tu apoyo se ha visto recompensado. He traído varios nativos y he tomado posesión de las nuevas tierras a nombre de la corona de España.

Fernando II: Colón, has demostrado ser un hombre sabio y perseverante.

Isabel I: ¿Que harás a continuación, noble marino?

136

Cristóbal Colón: Sólo tomaré unos días para preparar el próximo viaje: esas tierras nos están esperando y en mucho servirán para la grandeza de España.

(Nuevas fanfarrias. Los reyes de España se acercan a Cristóbal Colón y lo colman de honores.)

Fin de la obra ***El almirante de la mar océano***

Una pequeña bibliografía

Azar, Héctor. *Teatro y educación primaria, media y superior.* Departamento de Teatro del INBA y de la UNAM, México, 1971. 31 pp.

Bartolucci, Guiseppe. *El teatro de los niños.* Editorial Fontanella, Barcelona, 1975. 352 pp.

Baty, G (astón) y Chavance, R. *El arte teatral.* FCE, México, 1955. (Breviarios, 45). 312 pp.

Beloff, Angelina. *Muñecos animados.* Ediciones de la SEP. México, 1945. 209 pp.

Bentley, Erick. *La vida del drama.* Paidos Mexicana, México, 1985 (Paidos studio, 23). 328 pp.

Berthold, M(argot). *Historia social del teatro 1 y 2.* Ediciones Guadarrama, Madrid, 1974 (Universitaria de bolsillo/Punto Omega, 178). 298 + 306 pp.

Bonone, Rodrigo. *El teatro y las artes plásticas.* CEAL, Buenos Aires, 1968 (Teatro). 64 pp.

Castro Valdés, Mema. *Confección y manejo del muñeco y sus tinglados en el guignol escolar.* Editorial Patria, México, 1971. 55 pp.

Córdova Melo, Mirtha. Ledesma, César. Espinosa, Tomás. Uri-

be, Gildardo. *A-B-C de Títeres*. IMMS, México, 1984. 112 pp.

Cueto, Mireya. *El Teatro Guignol*. Textos del teatro estudiantil de la UNAM. México, 1969. 64 pp.

Domínguez, Franklin. Paredes, Margarita V. de Jiménez, Miguel Ángel. *Marionetas*. Editora Librería Dominicana, República Dominicana, 1958. 192 pp.

Duvignaud, Jean. *Sociología del teatro (ensayo sobre las sombras colectivas)*. FCE, México,1980 (Selección de Obras de Sociología). 520 pp.

García, Reyna Ma. Núñez, Juan N. *Cómo hacer un teatro guignol*. México, 1970. 53 pp.

Goutman, Ana y Partida, Armando. *Bibliografía comentada de las artes escénicas*. UNAM. México, 1995. 188 pp.

Hamelin, Myja. *Los cuentos y los niños*. (100 ideas) Editorial Vilamala, Barcelona, 1974. 128 pp.

Hauser, Arnold. *Historia social de la literatura y el arte I, II y III*. Ediciones Guadarrama, Madrid, 1976 (Universitaria de Bolsillo, Punto Omega 19, 20 y 21). xxx + 416 + 308 pp.

Lago, Roberto. *Teatro Guignol Mexicano*. Edición del Autor. México, 1973.

Lago, Roberto. *Un viaje por el teatro de muñecos a través del tiempo*. Editorial Teatro Guignol. "El Nahual", México, 1981. 26 pp.

Macgowan, Kenneth y Melnitz, William. *Las edades de oro del teatro*. FCE, México, 1975 (Popular, 54). 352 pp.

Mane, Bernardo. *Títere*. Editorial Latina. (Biblioteca práctica preescolar) Buenos Aires, 1972. 167 pp.

Mane, Bernardo. *Títere, magia del teatro*. Ediciones Culturales Argentinas. Ministerio de Educación y Justicia, Buenos Aires, 1972. 69 pp.

McClosky, David Blair. *La educación de la voz*. Los libros del mirasol, Buenos Aires, 1964. 160 pp.

Méndez Amezcua, Ignacio. *Escenografía, teatro escolar y de muñecos*. Ediciones Oasis. México, 1980. 225 pp.

Méndez Amezcua, Ignacio. *Escenografía para teatros escolares*. Instituto Federal de Capacitación del Magisterio Biblioteca Pedagógica de Perfeccionamiento Profesional, 18, SEP / Ediciones Oasis. México, 1963. 246 pp.

Moreau, Andre. *Entre bastidores (Vademecum del Artista)*. Imprenta Arana, México, 1965. 312 pp.

Nomland, John B. *Teatro mexicano contemporáneo (1950-1950)*. Ediciones Bellas Artes, INBA, México, 1967. 334 pp.

Pavis, Patrice. *Diccionario del teatro*. Paidos, Barcelona, 1998.

Perriconi, Graciela y otros. *El libro Infantil (cuatro propuestas críticas)*. El Ateneo. Buenos Aires, 1986. 128 pp.

Rábago Palafox, Gabriela. *Pequeño teatro (Antología de obras dramáticas para niños)*. Árbol Editorial, México, 1989. 96 pp.

Rivera, Virgilio Ariel. *La composición dramática (estructura y cánones de los 7 géneros)*. Gaceta, México, 1993 (Escenología, 10). 270 pp.

Ruano, V. Virginia. *Manipulación*. Edición de la autora. México. 1976.

Ruiz Lugo, Marcela. Contreras, Ariel et. al. *Glosario de Términos del Arte Teatral*. ANUIES, México, 1979. 308 pp.

141

Salazar, Adolfo. *La danza y el ballet.* FCE, México (Breviarios 6). 272 pp.

Saravia Maynez, Carlos G. *El maravilloso mundo de los muñecos.* Tesis, 189 pp.

Stanislavski, Konstantin. *El arte escénico.* Siglo XXI Editores, México, 1980 (Artes). 348 pp.

Sten, María. *Vida y muerte del teatro nahual (El Olimpo sin Prometeo).* Biblioteca SEP (SEP-Setentas 170), México, 1974. 216 pp.

Vera Vera, Rebeca y otros. *Didáctica de la escenificación y la recitación.* Instituto Federal de Capacitación del Magisterio Biblioteca Pedagógica de Perfeccionamiento Profesional, 55, Ediciones Oasis, México, 1969. 362 pp.

Wagner, Fernando. *Teoría y técnica teatral.* EDIMUSA, México, 1990 (Teatro). 376 pp.

Warren, Howard C. (editor). *Diccionario de psicología.* FCE, México, 1983 (Biblioteca de psicología y psicoanálisis). 284 pp.

Witkiewics, Stanlislaw. *La forma pura del teatro.* UNAM, México, 1983 (Colección Cuadernos). 70 pp.

Wright, Eward A. *Para comprender el teatro actual.* FCE, México, 1997 (Popular, 28). 392 pp.

Zamora Rodríguez, Gustavo. Manzanilla Sánchez, Norma Guadalupe. *El teatro como una alternativa didáctica.* Editorial Céfiro, México, 1965. 96 pp.